나는 암스테르담으로
출근합니다

나는 암스테르담으로 출근합니다
네덜란드로 간 한국인 승무원, 살아 있는 더치 문화를 만나다!

초 판 1쇄 2024년 05월 13일

지은이 신수정
펴낸이 류종렬

펴낸곳 미다스북스
본부장 임종익
편집장 이다경
책임진행 김가영, 윤가희, 이예나, 안채원, 김요섭, 임인영, 임윤정

등록 2001년 3월 21일 제2001-000040호
주소 서울시 마포구 양화로 133 서교타워 711호
전화 02) 322-7802~3
팩스 02) 6007-1845
블로그 http://blog.naver.com/midasbooks
전자주소 midasbooks@hanmail.net
페이스북 https://www.facebook.com/midasbooks425
인스타그램 https://www.instagram/midasbooks

ⓒ 신수정, 미다스북스 2024, *Printed in Korea.*

ISBN 979-11-6910-646-7 03810

값 18,500원

🏃 **미다스북스**는 다음세대에게 필요한 지혜와 교양을 생각합니다.

네덜란드로 간 한국인 승무원, 살아 있는 더치 문화를 만나다!

나는 암스테르담으로 출근합니다

신수정 지음

미다스북스

"나 잘하고 있는 걸까?"

서른아홉, 사춘기가 다시 찾아왔다. 남들에게 뒤처지지 않기 위해 열심히 살았다고 생각했는데 왠지 만족스럽지 않았다. 새로운 것을 도전하기에는 부담스럽고, 기존에 해오던 것을 이어서 계속하자니 과연 나에게 맞는 길인지 의심이 들고, 생각이 꼬리에 꼬리를 무는 나날이 이어졌다.

서른 중반, 나는 KLM 네덜란드 항공 입사를 기다리고 있었다. 당시 나는 네덜란드에서 겪을 새로운 일들을 생각하면 마음이 설렜고 이 회사에 입사 후, 내 인생에 어떠한 변화가 있을지 기대에 부풀어 있었다. 하지만 갑작스러운 비자 문제로 인해 입사는 불투명해졌고, 얼마 지나지 않아 팬데믹이 시작되었다. 나름 삼십 대를 잘 계획하고 준비하고 있다고 생각했던 나는 예상치도 못한 갑작스러운 변화를 맞닥뜨리게 되었고, 목표와 방향을 잃어버린 채 이리저리 표류하고 있는 배에 올라탄 듯 어지럽고 혼란스러웠다.

입사가 무산되고 4년이 지난 어느 날, 갑자기 회사에서 연락이 왔다. 그 당시 내 나이는 한국 나이로 서른아홉, 곧 마흔을 앞두고 있던 시기였다. 반가운 소식이었음에도 이때까지 익숙하게 하던 일을 멈추고 새로운 미래를 준비하자니 '커리어가 애매해지지 않을까?'라는 생각이 들었다. 이렇게 4년 전 눈앞에서 허무하게 닫혀버린 문이 다시 열리고, 그때 가지 못한 길이 갑자기 눈앞에 나타났다. 4년 전 잠시 꿈꾸었던 그 길에 달라진 건 없었지만, 나는 달라져 있었다. 객관적으로 봤을 때, 그때의 나는 열정을 가지고 앞으로 도전하기보다 지금은 이때까지 쌓은 경험을 바탕으로 확실한 나만의 길을 개척해야 할 시기라는 생각을 하고 있었다.

원하던 회사가 다시 날 불러준 것은 감사하고 기뻤지만, 솔직히 새로운 경험을 한다고 생각하니 부담스러운 것은 사실이었다. 생각에 생각이 꼬리를 물었고, 마음을 정한 나는 다시 한번 4년 전 그때 가고 싶어도 가지 못했던 그 길을 향해 발걸음을 옮겼다. 그 결정이 앞으로 내 미래에 좋을지 나쁠지 확신할 수 없어 불안했지만, 가지 못했던 길에 후회를 남기고 싶지 않았기 때문이다. 이렇게 마흔 살을 앞두고 암스테르담으로 가게 되었고 네덜란드 회사에서 처음 더치 사람들과 함께 일하게 되었다.

부끄러운 고백이지만 나는 네덜란드 문화에 대해서 자세히 알지 못했다. 물론 히딩크의 나라, 치즈와 풍차의 나라인 것은 알았지만 그 문화 속을 깊게 살펴보고 싶다는 생각도, 호기심도 없었다. 30대에 잠깐이나마 외국에서 다양한 국적의 사람들과 일을 해봤기에 막연히 '그들도 외국인이니까 비슷하겠지.'라고 생각했다. 그런데 내가 이곳에서 일하며 경험한 네덜란드와 네덜란드 사람들은 여러 가지 면에서 내 예상과 전혀 달랐다.

나의 MBTI는 INFP이다. 나는 현실적이기보다는 직관적으로 생각하고 논리보다는 감정을 중시하며, 치밀하고 계획적인 편은 아니다. 그런데 내가 만난 네덜란드 사람들은 노골적이고 현실적이며, 논리정연하고 목적과 계획이 확실한 사람들이 많았다. 네덜란드는 내가 알던 미국과 영국 문화와는 전혀 다른 나라였고, 예의와 배려를 중시하는 한국인이라면 깜짝 놀랄 일이 이곳에서는 별일이 아니게 되는 나라였다. 배려 없고 무례하게 느껴지는 직설적인 언행은 타 유럽 사람들도 인정하는 네덜란드 사람들의 대표적인 특징이다. 이러한 문화적 차이를 느끼기 시작한 후, 네덜란드 회사에 입사한 이상, 나는 네덜란드 문화를 좀 더 깊게 관찰하고 알아보지 않으면 안 되겠다고 생각했다. 어설프게 수박 겉핥기식으로 알고 있던 네덜란드 문화를 잊고 진짜 네덜란드가 어떤 곳인지 내 눈으로 확인하고 알고 싶었다. 그렇게 네덜란드 문화를 깊이 알게 됐고, 알면 알수록 새로운 시각으로 세상을 바라보게 되었다. 네덜란드 회사와 네덜란드에서의 소중한 경험이 쌓이면서 어느새 네덜란드는 나에게 특별한 나라가 되어 있었다.

비행 중 서비스가 끝나면, 더치 동료들과 함께 쉬면서 어떻게 살아가고 있는지 이런저런 이야기를 나누게 된다. 이 시간을 통해 네덜란드 부모 혹은 싱글로서 그들의 일상과 삶의 가치관에 관해 들을 기회가 많다. 이들과 일하며 다양한 일을 함께 겪고 서로 소통하다 보면 직설적인 그들의 태도와 개인주의자의 얼굴 뒤에 독립적이고 진취적인 삶을 추구하는 자유로운 영혼이 있다는 것을 알게 된다. 타인의 기준이 아닌 자기 기준으로 살아가는 주체적인 네덜란드 사람들은 자신과 다른 삶의 다양한 결을 자연스럽게 받아들인다. 그래서 네덜란드에서는 사람들이 일반적으로 생각하는 것이 무엇인지 정의하기 힘들 정도로 다양한 삶의 형태를 보게 된다. 안락사, 동성애와 같은 민감한 이슈에 대해 취하는 자유롭고 관용적인 태도와 삶에서 일어나는 모든 가능성에 열려 있는 개방성도 네덜란드 문화의 특징이다.

막연하게 '열심히 살다 보면 뭔가는 되겠지?'라며 살았더니 아직도 미완성인 것 같아 불안하다. 하지만 불완전한 모습이라도 있는 그대로 받아들이며 살아가는 더치 사람들을 보면 이런 미완성도 나의 모습이라고 겸허히 받아들일 수 있다. 네덜란드에서 사람들은 어떠한 삶도 완벽할 수 없다며 지금의 모습을 받아들이고 살아가라고 말한다. 그래서 네덜란드에서는 이런 말을 자주 듣게 되는 것 같다.

"실수해도 괜찮아."

네덜란드 사람들과 소통하면서 부족한 나 자신을 너그럽게 대할 수 있는 법을 배우고 있다. 이들과 일하면 삶에서 실수하는 것은 전혀 문제가 되지 않는다는 것을 알게 된다. 괜찮으니까 '다시 한번 해보자!'라며 스스로 다독일 줄 아는 용기도 갖게 되고, 평소처럼 아무렇지 않게 툭툭 털고 일어나면 된다는 것을 배운다.

이 책은 내가 한국과 네덜란드를 오가며 읽은 책들에서 얻은 인사이트와 내가 네덜란드에서 겪은 경험을 바탕으로 쓰게 되었다. 인천 공항 출근길에 읽던 책과 내가 경험한 네덜란드 문화와 사람들, 그리고 이후 머릿속에 떠오른 내 생각들이 조금씩 서로 연결되어 갔다. 어느덧 책은 쌓여가고 네덜란드와 맺은 인연의 시간은 점점 줄어들고 있었다. 40대를 시작으로 맺게 된 네덜란드와의 인연이 나의 삶의 방향에 어떠한 영향을 줄지 아직 알 수 없지만, 전혀 모르기 때문에 더 특별하다. 대항해 시절, 아무도 가지 못한 미지의 세계를 향해 거친 바다를 누비던 더치 선원들처럼 나는 설레는 마음을 안고 암스테르담으로 떠난다.

contents

Part 1.

다시 발견한
네덜란드

#다이렉트 #KLM문화

#문화차이 #더치

더치[1] 사람들은 타인의 기준이 아닌 자기 기준으로 살아간다. 그래서 자신과 다른 삶의 다양한 결을 자연스럽게 받아들인다. 나는 다시 찾아온 기회 덕분에 새로운 네덜란드, 그리고 새로운 나를 발견할 수 있었다.

─────────────────────

1) 더치: '네덜란드의'라는 뜻의 영어 단어

1. 직설적으로 말하는 사람들 | The UnDutchable

#더치문화   #직설적인 면   #개방성   #배려

비행에서 만난 더치 승무원이 인천으로 가는 비행에서 이런 일이 있었다고 말했다. 서비스 중 그녀는 한국인 승객에게는 아는 한국어로 친절하게 인사를 건네며 즐겁게 일을 했었다고 한다. 훈훈한 분위기에서 그녀가 어떤 한국인 승객에게 어떤 음료를 마실지 물어봤는데 그 한국인 승객이 처음에는 '괜찮다'라고 말하더란다. 그래서 그냥 카트를 밀며 지나가는데 바로 다시 부르더니 오렌지 주스를 달라고 하더란다. 그녀는 황당해서 아까 무엇을 마실 건지 물어봤는데 왜 그때 말하지 않았냐고 했더니 그 승객이 민망한 듯 웃더란다. 승객의 연령대가 어땠는지는 모르겠지만 한국에서 나이대가 있으신 어른들은 상대방에게 무언가 받을 때 예의상 처음에는 '괜찮습니다'라고 말한다. 그녀의 이야기를 듣고 난 후, 왠지 그 승객은 그런 의미로 괜찮다고 말한 것 같아서 다음번에 똑같은 상황을 겪게 되면 한국인 승객에게 한 번 더 물어보라고 말했다.

『The Undutchables(더 언더쳐블스)』 책에 따르면 더치 사람들은 '불편한 상황이 닥치면 즉각적으로 불만을 제기하는 걸로 유명하다.'라고 한다. 그리고 궁금하면 서슴없이 사적인 질문을 아무렇지 않게 하는데, 외국인의 입장에서 볼 때, 사생활 침해로 느껴지고 무례하게 들린다. 그에 비하면 우리나라는 상대의 마음을 배려하고 예의에 벗어나지 않도록 말하는 게 중요하다. 하지만 우리가 더치 사람들에게 이렇게 한국 사람에게 하듯이 배려한다면 그들은 고개를 갸웃거릴 것이다. 왜 처음부터 솔직하게 말하지 않는지 궁금해하면서 말이다. 또 우회적으로 거절하거나 상대방의 기분을 상하지 않게 하려고 돌려서 말한다면 더치 사람들은 그 의도를 전혀 눈치채지 못할 것이다.

당연히 나도 더치 사람들의 직설적인 화법 때문에 당황한 적이 있었다. 영어에서는 문장의 맨 끝에 공손하게 말하기 위해 붙이는 '플리즈(Please)'처럼 네덜란드 말로 '알스튜블리프트(Alstublieft)'라는 말이 있다. 비행 초 함께 일하는 더치 승무원에게 좀 더 예의 바르게 말하고 싶어서 '알스튜블리프트'라고 자주 말했는데 민망하게도 아무 반응이 없었다. 나중에 궁금해서 물어봤더니 이렇게 대답했다.

"아, 네가 이상하게 발음해서 전혀 알아듣지 못했어."

충격에 휩싸인 나는 그 후 오랫동안 열심히 '알스튜블리프트(Alstublieft)' 발음을 연습하게 되었다. 아직도 트라우마가 있는지 유독 그 단어만 말할 때 긴장되고 떨린다.

또 한 번은 이런 일이 있었다. 첫 서비스가 끝나고 부사무장이 비즈니스 클래스에서 남은 음식을 들고 왔다. 첫 서비스가 끝나면 더치 승무원들은 언제 휴식하러 갈지 정한 후 식사하거나 쉬러 갈 준비를 한다. 보통 자기 전 식사하는 편이 많아서 나는 함께 일하는 동료들이 먹을 수 있게 내 음식만 데우지 않고 동료들 것도 오븐에 넣고 같이 데웠다. 그리고 두 번째 서비스가 끝난 후에 도착을 준비하는데 갑자기 부사무장이 나에게 와서 말했다.

"혹시 내가 비즈니스에서 가지고 온 음식 네가 다 데웠어?"

"응. 근데 너희들 것도 먹을 수 있게 미리 데워놨었는데 왜 안 먹었어? 그리고 내가 그릇은 다시 비즈니스에 갖다 놨어."

"그 음식 내가 두 번째 서비스 끝나고 지금 먹으려고 한 거야. 네가 다 데워버려서 다시 데울 수도 없고 혹시나 몰라서 냉동된 음식이 더 있나 봤지만 없더라고. 다음에는 지금 먹을 건지 미리 물어봐. 나도 아시아 문화는 다 같이 먹는 문화가 있다는 걸 아니까 이해하는데 너 때문에 결국 내가 밥을 못 먹게 됐어."

한국인에게 있어서 밥은 민감하다. '밥 먹었니?' 또는 '언제 밥 한번 먹자!'가 평범한 인사인 우리 문화에서 '밥'이 상징하는 것이 무엇인지 이 부사무장이 알았더라면 그녀는 내가 이렇게까지 미안해할 거라곤 상상도 못 했을 거다. 심지어 '밥그릇 뺏는다.'라는 말까지 있는데 나는 말 그대로 그녀의 밥그릇을 뺏은 셈이다. 그 자리에서 바로 사과하고 부사무장도 괜찮다고 거듭 말했지만, 나는 비행 후 다시 부사무장에게 정중한 사과 메일을 한 번 더 보냈다. 다행히 부사무장은 인천에서 즐겁게 시간을 보냈고 이미 다 잊어버렸으니 괜찮다고 답장이 왔다.

네덜란드 사람들의 직설적인 면은 나의 마음을 후벼파며 크고 작은 상처를 남겼다. 하지만 더치 사람들의 직설적인 말과 태도가 오랜 시간 물과 치열하게 싸워오면서 형성된 거라는 걸 알게 되자 지금은 이들의 직설적인 면에 크게 상처받지 않는다.

네덜란드는 땅이 바다보다 낮아서 홍수나 해일의 피해가 잦았고 사람들은 오랜 기간 물과 사투를 벌였다. 네덜란드 사람들은 손쓸 수 없는 자연재해 앞에 지위를 막론하고 다 같이 힘을 합해 흘러들어오는 물을 막아야 했다. 체면 혹은 다른 사람의 생각을 신경 쓰느라 속으로 끙끙거리다가는 문제를 해결할 수 있는 골든 타임을 놓칠 수 있다. 따라서 신분과 지위에 관계없이 자유롭게 의견을 내고 머리 맞대는 과정을 수없이 거치다 보니 사회 전반적으로 자신의 의견을 거침없이 말하는 문화가 형성되었다고 한다. 이렇게 네덜란드에서는 자연스럽게 수평적인 문화가 형성되었고, 이것은 다른 유럽 국가와 구별되는 네덜란드만의 독특한 특징이다. 그래서 네덜란드에서는 갑질은 물론 겉치레나 지위를 거들먹거리면서 대접받으려 하는 경우가 거의 없다.

더치 사람들은 만약 상대방이 입고 있는 옷이 어울리지 않으면 에둘러 대충 잘 어울린다고 말해 주지 않는다. 그 자리에서 솔직하게 자기 의견을 말하는데 예를 들어 그 옷은 잘 안 어울리니까 갈아입는 게 낫겠다고 똑 부러지게 말한다. 솔직하게 말하는 것이 잘못된 건 아니지만, '아 다르고, 어 다르다.'라는 말이 있듯이 우리 관점에서는 상황에 따라 무례하고 듣는 사람에 대한 배려가 없다고 느낄 수 있다. 하지만 그들은 관심이 없으면 아예 말하지 않으며, 만약 말한다면 그건 상대방에게 도움이 되었으면 하는 마음에서 나온 진심 어린 의견이라고 말한다. 더치 사람들은 그들의 직설적인 면이 무례할 수 있다는 점을 솔직하게 인정한다. 더치 사람들끼리는 이런 직설적인 말이라도 그 속에서 상대방의 기분을 상하게 하려고 무례하게 한 말인지 구별할 수 있다고 한다. 하지만 외국인인 나의 입장에서는 어떤 말이든 다 똑같이 직설적으로 들려서 그들의 말 속의 숨어 있는 무례함을 구별하기 어렵다.

혹시 직설적인 말로 상대방의 마음을 상하게 하여 큰 싸움으로 번진 적은 없는지 궁금해졌다. 그래서 물어보니 그럴 수도 있겠지만 설사 말다툼이 생기더라도 다툼이라 생각하지 않고 각자 만족할 만한 해결책을 찾아가는 과정이라고 생각하는 편이란다. 자기 의견을 확실히 말하지 않고 숨기는 것은 문제 해결 방법이 아니기에 '의견을 자유롭게 표현하는 편이 오히려 낫다'라고 생각한다.

타 유럽 사람들도 당황하게 만드는 직설적인 더치 동료들과 일하면서 알게 된 점이 하나 있다. 이들과 일할 때 원하는 바를 돌려 말하는 것은 전혀 도움이 되지 않는다는 것이다. 한번은 비즈니스 클래스에서 함께 일한 더치 동료가 비행 전 사무장에게 내가 생각해도 '과하지 않나?'라고 생각할 정도로 이것저것 요구했다. 그녀는 서비스 시작 전과 중간에 어떻게 자신을 도와주면 좋을지 조목조목 상세한 예를 들어 건의했다. 그런데 오히려 그 사무장은 기분 나쁘게 듣지 않고 내가 어떻게 도와줘야 할지 구체적으로 알려줘서 고맙다고 말했다. 한국에서는 상사에게 자신의 업무를 위해 어떤 것이 필요한지 구체적으로 말하기 어렵다. 하지만 네덜란드에서는 이러한 태도가 전혀 실례가 아니고 오히려 서로에게 도움이 된다고 생각한다. 이 모습을 본 후 나도 필요하거나 원하는 것이 있다면 최대한 정중하게 직접적으로 말하려고 노력하게 되었다.

　네덜란드 사람들은 이들의 솔직함과 직설적인 면을 '개방성(Openness)'이라고 부른다. 다른 사람이 뭐라고 생각하든 개의치 않고 단도직입적으로 하고 싶은 말을 하는 면은 어떤 의견이든 받아들일 수 있는 자세가 있기에 나온다고 생각하기 때문이다. 생각해 보면 이들은 개방성을 통해 다양한 의견을 과감하게 받아들였고, 불리한 자연환경을 극복하였다. 아마 더치 사람들은 한국인들의 배려와 예의를 중시하는 문화에 대해 왜 그래야 하는지 의문을 표할 것이다. 하지만 한국 문화는 배려와 예절을 통해 상대를 존중하는 마음을 항상 표현하기 때문에 나름의 장점이 있다. 더치 동료들은 나와 일하면서 반대로 한국 문화가 네덜란드와 얼마나 다른지 알게 되었다고 말한다. 예를 들면 커피나 물건을 건네줄 때 무의식적으로 두 손으로 공손히 건넨다든가 서로 마주쳐서 지나갈 때 하는 목례 같은 것들이었다. 그들의 눈에는 이게 상당히 신기하게 보였던 모양이다. 또 공항에서 처음 만나 악수하는데 내가 한 팔을 가슴 부분에 대고 악수하는 걸 보고 나중에 기장이 왜 그렇게 악수하냐고 물어본 적도 있다. 직접 말하지 않아도 행동으로 상대방에 대한 존중을 표현하는 한국 문화가 그들에게는 신기하다. 이처럼 한국 문화에 나타나는 서로를 존중하는 배려 행위와 예절을 좋아하고 존중하는 더치 사람들을 많이 만날 수 있었다. 조금 더 진솔하게 배려하는 마음으로 그들을 대할 때 놀랄 정도로 마음을 열고 다가오는 네덜란드 사람들을 만나게 될 것이다. 비록 언제 튀어나올지 모르는 직설적인 매운맛 화법에 마음의 준비가 필요하겠지만 말이다.

2. 10점에 커트라인은 6점 | 공정하다는 착각

#업무 평가   #평등   #능력주의   #평범함

KLM에서는 입사 교육 수료 후 약 3개월의 수습 기간에 두 차례에 걸쳐 업무 평가를 한다. 나의 첫 업무 평가 담당자는 인자한 미소와 푸근한 성품을 가진 30년 경력의 부사무장이었다. 업무 평가를 할 때는 누가 평가하는지도 중요하지만, 함께 일하는 동료가 누구인지도 중요하다. 평가 담당자가 업무 평가를 할 때, 평가 항목 중 자기가 대답하기 어렵거나 미처 확인하지 못한 부분을 발견했을 때, 나와 함께 일한 더치 동료들에게 의견을 물어보고 참고하는 경우가 매우 흔하기 때문이다. 그렇기에 처음 만난 동료임에도 서로 손발이 착착 맞는다면 좋은 평가를 기대해 볼 만하다. 운이 좋게도 나는 좋은 동료들을 만나서 업무 평가 중이라는 사실을 잊을 정도로 즐겁게 일할 수 있었다. 좋은 동료들 덕분에 승객들에게도 편안한 마음으로 따뜻하게 응대할 수 있었고 스스로 만족스러웠던 비행이었다.

암스테르담으로 착륙 준비 전, 부사무장은 나의 업무에 대한 전반적인 평가가 어떠했는지 전달해 주었다. 나는 어떤 부분이 평가되었는지 내 결과를 통해 확인할 수 있었다. 확인 후, 평가에 대한 나의 의견과 함께 마지막으로 나와 평가자는 결과에 동의한다는 의미로 함께 서명한다. 만약 업무 평가 결과에 동의할 수 없다면 서명하지 않아도 되며 나는 다른 비행에서 다시 업무 평가를 받을 수 있다. 그런데 각자 아이패드에 서명을 남기려는데 문제가 생겼다. 알 수 없는 이유로 서명란 부분을 아무리 터치해도 서명이 되지 않았다. 한참 시도하다가 부사무장이 말했다.

"아마도 네 점수가 너무 높아서 그런 걸 수 있어. 평가 항목에서 'Above standard(표준 이상)'를 'Standard(표준)'로 바꾼 후 다시 해보자."
"?"

왜 점수가 높은 것이 문제가 되는 걸까? 나는 지금 괜찮다고 말해야 하나 아니면 안 된다고 말해야 하는 건가? 긴 비행으로 서로 피곤한데 내가 '안 된다.'라고 말한다면 서로 민망해지지 않을까? 내가 혹시 별일도 아닌데 예민하게 구는 게 아닌지 머릿속이 복잡해졌다. 물론 점수가 다가 아니지만, '표준 이상'에서 '표준'으로 기록된다면 점수가 낮아지는 것 같아서 속상하긴 하다. 사무장님이 인자하게 다시 말씀하셨다.

"'Standard(표준)'도 정말 잘한 거 알지? 내가 바꿔도 괜찮지?"

이때 상사에게 '싫어요'라고 딱 잘라 말하면 엄청 무례할 것 같아 일단 알았다고 말했다. 사실 서명이 되지 않았던 이유는 나의 높은 점수 때문은 아니었다. 하지만 나의 '표준' 점수는 이후 다시 '표준 이상'으로 수정되지 않은 채 우리는 랜딩 준비를 하였다. 결국 이렇게 '표준' 수준으로 종료된 나의 첫 업무 평가로 나는 네덜란드의 '표준'이라는 벽을 처음으로 마주하게 되었다.

찜찜하게 끝나버린 나의 첫 업무 평가가 기억에서 사라질 때쯤, 비행에서 만난 더치 동료에게서 우연히 네덜란드의 교육 시스템에 대해 듣게 되었다. 나는 그제야 그때 사무장이 'Standard(표준)'도 잘했다고 말한 이유를 알 수 있었다. 네덜란드에서는 '표준'만 넘으면 아무 문제가 없다고 본다.

네덜란드 교육 시스템은 이러하다. 네덜란드는 초등학교 과정부터 경쟁이 없고, 중등 과정으로 넘어가게 되면 시험 제도가 있긴 하지만 등수를 매기지 않고 시험에 통과만 하면 된다. 기본적으로 합격점은 '6점'으로 6점 이상이면 네덜란드 말로는 'Zes is genoeg. (6점은 충분하다.)'라고 말한다. 사실 점수가 매우 짠 편이라 7점 이상을 받기가 쉽지 않고 8점 이상은 몹시 드물다고 한다. 그래서 더치 학부모와 학생들은 6점만 넘으면 대체로 만족하고 더 높은 점수에 집착하지 않는다. 이처럼 네덜란드의 교육 시스템은 경쟁을 통해서 승리자와 낙오자를 구분 짓는 데 있지 않다. 한국처럼 일류 대학에 진학해야 한다거나 반에서 1등이 되어야 한다는 압박도 없다.

이렇게 중간 실력 정도에 만족하는데 네덜란드에서는 인재를 어떻게 길러내는지 의문이 든다. 그런데 이런 걱정이 무색할 정도로 네덜란드는 창의적인 인재를 꾸준히 길러내고 있으며 세계적으로 성공한 기업도 많이 있다. 따라서 네덜란드가 경쟁을 추구하지 않는다고 해서 다른 나라에 비해 경쟁력이 없다고 보기 어렵다. 네덜란드 교육이 중요하게 생각하는 것은 경쟁이 아니라 학생 개개인의 재능이기 때문이다.

　네덜란드 부모들은 자녀를 남의 아이와 비교하지 않는다. 그래서 한국처럼 '엄친딸' 혹은 '엄친아'라는 말은 없다고 봐야 한다. 자녀가 있는 더치 동료들에게 자녀의 장래나 교육에 관해 궁금해서 물어보면 대학이나 진로보단 지금 행복하게 지내고 있는지에 대해 중요하게 생각하는 편이었다. 물론 아이들의 장래에 대해서 고민이 없는 건 아니지만, 제일 중요한 것은 아이들의 행복이라고 입을 모아 말한다. 내가 만난 한 더치 승무원은 방학 기간을 맞이하여 어떻게 아이들이 즐겁게 방학을 보낼 수 있을지 고민하고 있다. 어떻게 하기로 했냐고 물어보니 숲에서 2주간 지낼 방갈로 사진을 보여주었고 아이들과 이곳에서 캠프파이어도 하면서 즐겁게 지내기로 했단다. 한국의 방학은 오전부터 저녁 늦게까지 빡빡하게 짜여진 학원 스케줄로 한국 아이들이 가장 바쁘게 사는 기간이지만 더치 아이들에게 방학은 가족들과 시간을 보낼 수 있는 중요한 휴식 기간이다.

　한국에서 유아 영어 강사로 일하던 시절, 아직 한참 어린데도 영어는 기본이고 다양한 조기 교육으로 시간을 보내는 아이들을 많이 만났다. 한국 아이들은 남에게 뒤처지지 않기 위해서 열심히 노력하고 일찍부터 많은 것을 배운다. 나이가 들어서도 한국에서는 남들처럼 무언가를 하지 않으면 뒤처지는 것 같아 불안해진다. 도대체 평범하게 사는 것은 무엇일까. 한국에서 평범하게 산다는 것은 가능한 걸까.

『공정하다는 착각』이라는 책에서는 신자유주의가 도래하면서 사람들이 계급과 출신에 상관없이 능력에 따라 공정하게 인정받을 수 있는 세상에 살게 되었다고 한다. 하지만 저자는 개인의 능력에 따라 성공과 실패가 결정되는 사회, 능력과 성과만을 가지고 평가하는 사회, 그런 사회가 정말 공평한 사회인지, 이에 대해 의문을 던진다. 사람마다 가지고 있는 재능과 조건이 다 다른데 과연 모든 사람이 똑같은 출발점에서 경쟁을 시작하고 있다고 말할 수 있는지, 깊이 생각해 봐야 한다는 것이다. 한 인간의 가치가 능력만으로 평가되는 세상은 과연 행복한 세상인지에 대해서도 생각해 볼 필요가 있다. 모든 결과를 본인이 책임지는 게 당연하다고 생각하면 실패와 패배는 어떻게 받아들여야 하는 걸까. 열심히 살지 않아서 경쟁에서 패배한 건 분명 아닐 것이다. 열심히 살아도 때로 실패할 수 있고, 패배할 수 있다. 그것을 모두 개인의 책임으로만 돌릴 수는 없다. 요즘 아무리 열심히 살아도 불행하다고 느끼는 사람이 많은 이유를 왠지 알 것 같다.

한국에서 크고 작은 경쟁을 겪으면서 자란 사람으로서 더치 사람들이 자기 능력만큼만 노력하고 결과에 쉽게 만족하는 듯한 태도에 처음에는 당황했다. 그래서 '그 정도면 충분해' 혹은 '괜찮아'라는 말을 들을 때마다 마음 한구석이 불편했다. 그들이 괜찮다고 생각하는 기준은 내 예상보다 낮았고 편안한 현실에 안주하는 듯 보였다. 하지만 '그 정도면 충분해' 혹은 '괜찮아'라는 말은 그들에게는 어떤 결과든 있는 그대로 받아들인다는 뜻이었다. 허례허식보다 실용적인 삶을 추구하는 네덜란드 사람들의 관점에서 '충분하다'라는 말은 적당하게 포기한다는 말이 아니었다.

한국에서 평범하게 살려면 남들이 봤을 때 비슷하게라도 보여야 하니 집도 있어야 하고 차도 있어야 하고 있어야 할 게 참 많다. 그러다 보니 어느샌가 남들이 세워놓은 목표를 따라가고 있는 건지도 모르겠다. 이렇게 남들이 생각하는 기준 이상이 되어야 왠지 안심되고 그 기준 아래라는 생각이

들면 불안하다. 그에 비하면 더치 사람들은 남의 기준이 아닌 자기 기준을 가장 중요하게 생각하는 것 같다. 사람마다 서로 다른 기준이 있기에 남의 기준이 아니라 자기 기준을 가지고 사는 것이 가장 합리적이라고 생각하는 것이다. 그래서 만약 그들에게 평범한 삶이 무엇이라고 생각하는지 묻는다면 아마도 다양한 대답을 들을 수 있을 것이다. 네덜란드의 '표준'에 관한 또 다른 비밀은 바로 각자의 인생에서 세운 다양한 기준들이 네덜란드에서는 전부 다 '평범한 기준'이라는 점이다.

네덜란드에서는 졸업한 자녀가 있는 경우, 그동안 사용한 책가방을 집 밖에 걸어둔다. 성실히 학업을 마쳤다는 것에 의의를 두는 네덜란드식 졸업 축하 의식이다.

3. 틀려도 괜찮아 | 싱크 어게인

#피드백   #실수   #배움   #질문

"오늘 브리핑할 때 내 목소리가 어땠니? 혹시 브리핑할 때
내 태도가 좀 딱딱하지 않았니? 괜찮다면 나의 브리핑에 관
해 개선할 만한 피드백을 해줄 수 있어?"

짙은 눈썹 아래, 부리부리하게 번뜩이는 눈으로 부사무장
이 말했다. 브리핑 시간 내내 그는 누군가 대답할 때마다 레
이저가 나올 정도로 그 사람을 뚫어지게 쳐다봤다. 그 모습
을 보니 왠지 깐깐한 사람인 것 같아서 비행 내내 어찌해야
하나 걱정했다. 이러한 강렬한 첫인상을 남긴 그가 브리핑
때 자신의 질문이나 태도에 대해 내 생각을 알려달라고 부탁
하는 거였다. 나는 무서워 보이는 이 부사무장에게 뭐라도
말해야 했다. 근데 뭐라고 말해야 덜 상처받을지 고민했다.
사실 비행하면서 첫인상과 달리 다정하고 마음이 여린 사람
인 것을 알게 되었기 때문이다. 그의 마음을 아프게 하는 말

을 하나도 하고 싶지 않았다. 지금은 그의 첫인상과 이후 인상에 대한 내 생각의 변화를 솔직하게 그에게 말했다면 좋았을 텐데 하는 생각이 든다. 하지만 그 당시에는 내 의견이 그에게 도움이 될 만한 피드백일지 확신하지 못했다. 그렇게 생각한 또 다른 이유는 나는 이제 비행한 지 얼마 되지 않은 신입인데 '내가 어찌 감히 그의 브리핑을 평가하느냐'였다. 브리핑을 나보다 훨씬 더 많이 해온 베테랑이 나한테 피드백을 해달라니 당황했다. 내가 쉽게 대답하지 않으니, 그가 다시 물어봤다.

"혹시 내 목소리가 좀 무섭게 들리니?"

그때 사실 '목소리 좀 무서웠어.'라고 말했어야 했다. 하지만 내 생각과 반대로 나는 이렇게 말했다.

"아⋯. 다른 사람은 어떤지 모르겠는데 나는 괜찮았어."

네덜란드의 피드백 문화를 몰랐던 나는 처음부터 너무 복잡하게 생각했다. 그때를 생각하면 '솔직한 나의 의견을 들려줘도 괜찮았을 텐데.'라며 후회하게 된다. 이때의 경험은 앞으로 내가 네덜란드 회사에서 어떻게 피드백에 대처해야 할지 생각해 본 계기가 되었다.

사실 네덜란드에서는 피드백을 주고받는 게 일반적이라고 한다. 나는 지금도 피드백을 주고받는 것이 부담스러운데 돌이켜보면 한국에서 나의 의견을 적극적으로 말해본 경험이 많이 없어서 그런 것 같다. 보통 내 의견보다는 선배들이나 경력자들의 의견이 더 중요하다고 생각했고, 업무를 배워야 하는 입장에선 내 의견보다 선배들의 경험이 더 효율적이라고 생각했다. 나의 미숙한 의견으로 자칫하면 다른 사람이 피해를 볼지도 모른다는 생각이 들었기에 소극적인 자세를 취하게 된 것이다. 하지만 네덜란드 회사에서 일하면서 이러한 소극적인 태도를 바꾸는 게 필요하다는 생각을 하게 되었다.

더치 사람들과 일하게 되면 피드백뿐만 아니라 질문의 바다에서 헤엄치는 법을 배워야 한다. 비록 알고 있는 것이라도 서로 질문을 주고받으며 다시 한번 알아가는 것을 중요하게 생각한다. 그러니 질문의 범위는 무한하다. 그들은 나이나 경력이 많다고 더 많이 안다고 생각하지 않는다. 갓 비행을 시작할 무렵, 비행 경력이 30년이 다 되어가는 더치 동료와 일을 한 적이 있었다. 처음부터 그녀는 궁금한 게 있으면 무엇이든지 자신에게 질문해 달라고 말했다. 덧붙여 나의 질문이 그녀에게 왜 중요한지 말했는데 내가 질문하면 자신도 배우는 게 있으므로 서로에게 윈-윈이 될 수 있다는 이유였다. 그녀는 자신의 비행 경력이 훨씬 많다는 이유로 자신이 모든 것을 다 안다고 생각하지 말라며, 아직도 비행을 통해 새로운 것을 배우고 있다고 말했다. 비행 경력이 30년이 다 되었다면 '비행의 달인'인데 아직도 초심을 가지고 배우는 중이라니 깜짝 놀랐다.

이런 경험에 비춰보았을 때 생각나는 룰이 있었다. 한국에서 직장생활의 암묵적인 룰 중에 '선 검색, 후 질문'이 있었다. 필요 없는 질문으로 소중한 시간이 낭비될 수 있으니 먼저 스스로 알아본 후 질문하라는 말인데 사실 상당히 서로를 배려하는 뜻에서 나온 말이다. 상대방의 시간을 함부로 뺏지 않기 위해 혼자 알 수 있는 것은 스스로 알아보는 게 예의다. 합리적인 이유이지만 정말 중요한 질문인지 생각에 생각을 거듭한다면 질문할 타이밍을 놓치게 될 수 있다. 이에 반해 네덜란드에서는 질문이 시간 낭비라고 생각하지 않는다. 그리고 어떠한 질문을 했느냐로 그 사람의 능력이나 지식을 평가하지 않는다. 어떤 질문이든 반갑게 생각하고 세상에 쓸데없는 질문은 없다고 생각한다. 그래서 그들과 일하면서 묵묵히 일하기보단 내 의견을 적극적으로 표현하고 의문이 있다면 바로 질문하는 편이 낫다는 것을 깨닫게 되었다.

신입 교육을 받을 때도 질문은 중요했다. 신입 교육은 스스로 예습하고 배운 내용을 가지고 수업이 진행되는 플립러닝 (Flipped Learning) 방식으로 진행된다. 이러한 교육 방식은 네덜란드에서는 흔한 수업 방식이라고 한다. 각자 예습한 내용을 토대로 모르는 부분이 나오면 더치 교관이나 동료들에게 계속해서 질문을 던지며 그들로부터 배운다. 하지만 스스로 완벽히 예습해 오더라도 배운 것을 모두 다 알 수 없다. 그래서 교육관으로부터 가장 자주 듣는 말이 이것이었다.

"실수해도 괜찮아. 그럴 수도 있어. (Dat kan gebeuren.)"

내가 신입 교육 중 가장 많이 들은 말이었다. 혹시 틀릴지 몰라 시도하기 전에 생각만 깊게 하는 나에게 용기를 주는 마법의 주문 같았다. 그들은 '완벽한 건 없고 실수를 통해서 배웠으면 괜찮다'라고 말하며 실수는 누구나 할 수 있고 자신도 항상 실수한다고 말해줬다. KLM뿐만 아니라 전반적으로 네덜란드 직장에서는 실수에 대해 유연하게 대처하려

한단다. 인간은 매번 옳은 결정을 할 수 없기에 차라리 실수를 통해 배우는 편이 실용적이라고 생각하기 때문이다. 실수하거나 문제가 생겼을 때 실수나 문제 자체에 집중하기보다 어떻게 보완하고, 해결할지에 대해 집중한다. 새로운 관점을 통해 문제를 바라보고, 자신이 몰랐거나 틀렸다는 것을 발견하게 되면 오히려 기뻐하기도 한다.

애덤 그랜트의 책 『싱크 어게인』에는 이런 말이 있다. 질문을 통해 자기 생각을 재차 확인해 보라는 것이다. 이렇게 질문을 하면 자신의 예상과 생각을 깨부수는 과정이 생기고 나중에는 '새로운 정보들을 유연하게 받아들이고 자기 생각을 발전시키는 즐거움을 느낄 수 있다'라고 한다. 그리고 이렇게 질문을 통해 배우는 환경은 '심리적 안전감'을 조성하고 자유롭고 두려움 없이 의견을 피력할 수 있게 한다. 신입 교육 기간 동안, 더치 교관들이 '실수해도 괜찮아'라고 강조한 이유가 여기에 있었다. 교육생들이 실수를 통해 발전할 수 있는 분위기를 만들고 심리적으로 안전한 환경에서 질문을 통해 배우도록 한다. 이렇게 질문을 통해 배우는 교육 방식은 실수를 실용적으로 대처하는 더치 문화와 딱 맞는 방식이었다.

인천을 경유해 타이베이로 향하는 비행이었다. 이륙 준비 전 승객의 짐을 넣어두는 오버헤드 빈(Overhead bin)을 닫고 있었는데 부사무장이 승객과 이야기하는 것을 들었다. 대화의 전체 내용은 못 들었지만, 사무장이 '차이니즈'라고 말하는 것을 확실히 들었다. 주변의 대만 승객들이 '차이니즈?'라고 말하며 서로 바라보며 고개를 갸웃거렸다. 즉시 갤리로 오는 사무장에게 말했다.

"저기 있잖아. 중국이랑 대만이랑 다른 나라라서 대만 사람들한테 '차이니즈'라고 말하면 안 돼."

"아 맞다. 고마워! 나도 모르게 말해버렸네. 앞으로 주의할게."

상사에게 '앞으로 주의하겠다'라는 말을 들으면 왠지 주객 전도가 된 느낌이라 불편하지만 여기서는 이것이 상대를 도와주는 방식이다. 한국 사람인 나는 아무래도 상사를 편하게 대하기 어렵지만 목소리와 태도에 예의를 갖추어서 정확하게 내 생각을 전달하는 것으로 방향을 정했다. 사실 상대방을 진심으로 도와주기 위해서 하는 말이라면 더치 식이든 한국식이든 상관없이 듣는 사람의 마음에 자연스럽게 와닿을 것이라 믿는다.

네덜란드에서는 어떤 피드백이든 쓸데없는 피드백은 없다. 열린 마음으로 다양한 피드백과 의견을 주고받게 되면 내가 몰랐던 사실을 배우거나 몰랐던 문제를 발견할 수 있다. 피드백 문화가 낯선 한국에서는 피드백은 잘못이나 실수를 지적당하는 것 같아 아무래도 부담스럽게 느껴질 수 있다. 하지만 네덜란드에서는 긍정적인 피드백이든 부정적인 피드백이든 둘 다 똑같이 건설적인 피드백이다. 네덜란드에서 그 어떤 피드백이든 담대하게 받아들일 준비가 되면 스스로에 대해 돌아보고 성장과 발전의 기회를 얻을 수 있는 귀중한 경험을 하게 될 것이다.

4. 네덜란드 사람들이 만든 네덜란드 | Why the Dutch are different

#폴더 모델   #협력과 합의   #책임감   #문화적유산

"God made the world but the Dutch made Holland themselves."

– 신은 세상을 만들었지만, 네덜란드 사람들은 네덜란드를 만들었다.

옛날 암스테르담에는 많은 배가 난파하는 거대한 호수가 있었는데, 더치 사람들은 이곳의 물을 증기 펌프로 빼내고 흙을 메워서 땅을 만들었다. 그리고 그 매립지에 건설한 공항이 바로 '스키폴 공항(Schiphol airport)'인데 공항 이름이 '스키폴'이 된 이유는 배가 자주 빠지는 구멍을 뜻하는 '쉽 홀(Ship hole)'이라는 이름에서 유래했기 때문이다. 즉, 스키폴 공항은 네덜란드인들이 없애버린 그 호수 위에 세워졌다. 암스테르담 스키폴 공항은 댐과 풍차로 물을 막아 땅을 만든 네덜란드 사람들의 다양한 기술이 집약된 결과물이다.

『Why the Dutch are different』에 따르면 더치 사람들은 물과 함께 싸워 강한 결속력과 풍차 운영을 하면서 완벽한 분업을 이룬 사회적 특성 때문에 분업의 경계가 확실하다고 한다. 그래서 독립적이고 직설적인 더치 동료들과 함께 일하다 보면 도와주려 할 때 이렇게 말하는 것을 들을 수도 있다.

"이건 내 일이니까 신경 쓰지 말고 그냥 네 일이나 해."

우리나라에서는 서로 도와주다가 남의 일이 내 일이 되기도 하고, 일의 경계가 불확실해지면서 과다한 업무가 한 사람에게 집중되는 경우가 있는데 네덜란드에서는 분업의 개념이 확실해서 그 경계를 매우 중요하게 생각하는 것 같다. 그리고 더치 동료들은 누군가 도움을 요청하면 그때만 도움을 주는 편이고, 특별히 도움을 요청받지 않는 한 남의 일에 대해 크게 신경 쓰지 않는 편이었다. 이렇게 네덜란드의 독특한 환경에서 파생된 분업에 대한 개념을 알고 난 후 한국과 네덜란드는 협동에 관한 개념이 많은 부분에서 서로 다르다고 느끼게 되었다. 함께 힘을 합쳐 공동의 목표를 달성하는 점은 똑같지만, 각자 맡은 일을 열심히 하고 남의 일은 관심이 없는 네덜란드와 남의 일을 내 일처럼 서로 도와주려는 한국은 확실히 서로 다르다. 그리고 한국의 몇몇 개인 사업자들이나 기업주들은 직원이 회사 일을 자기 일처럼 생각하며 열심히 일해 주기 원하지만, 네덜란드에서는 직원의 업무가 과다하면 줄여주고 혹여나 일을 많이 해서 아프게 되면 기업주에게 책임을 묻는다. 좀처럼 남과 비교하지 않는 네덜란드 사람들이지만 그들이 유일하게 남과 비교하는 경우는 회사에서 자신과 동료의 업무가 공평하게 분배되었는지 분명하게 따질 때일 것이다.

네덜란드어로 '네덜(Neder)'는 '낮은'이라는 뜻이다. 네덜란드의 국토 대부분은 해수면보다 낮다. 그래서 저지대를 매립 후 간척지를 만들었는데 네덜란드어로 이를 '폴더(Polder')라고 말한다. 척박한 환경 속에서 수많은 폴더를 만들어 영토를 늘려나간 네덜란드 사람들은 각자 힘을 모아 어려움을 이겨내고 개개인의 합의를 거치는 의사결정 방식을 터득했다. 네덜란드에서 살고 있는 영국인 벤 코츠의 『Why the Dutch are different』(한국에는 '시시콜콜 네덜란드 이야기'로 번역되었다)에 따르면 이 네덜란드 특유의 합의 문화는 '폴더 모델'이라고 불리며 네덜란드 사회 전반에 큰 영향을 미치고 있다고 한다. 네덜란드와 오랜 이웃이었던 영국인이 봐도 이 더치식 폴더 모델은 독특한 네덜란드 문화이다.

KLM에 일하면서도 이 폴더 모델을 경험할 수 있었다. 더치 동료들은 시간이 얼마나 걸리든 상관없이 여러 가지 화제에 대해 다양한 의견을 주고받는다. 그런데 이 토론 문화가 외국인의 시선에서 보자면 말이 옆으로 샐 때도 있고 시간도 지체되는 것 같아 비효율적으로 보인다. 이렇게 이야기만 자꾸 하다가 괜찮은지 걱정될 때도 있다. 특히 '빨리 결론짓고 행동해야 하지 않을까?'라고 판단되는 상황에서는 말이다. 하지만 시간 관계없이 급히 결정하지 않고 모두의 의견을 들어보는 점에서 좋다고 생각한 적이 많다.

이러한 면은 비행하면서 휴식 시간을 정할 때도 느낀 적이 있었다. 우유부단하면 상대에게 피해주는 것 같고 성격도 급한 나는 결정은 되도록 신속히 빨리하려 한다. 그런데 더치 동료들은 서로 충분히 이야기하지 않고, 특히 자기가 합의하지 않았는데 결정되었다고 느끼면 부당하다고 생각하는 것 같았다. 이런 점을 깨닫고 난 후, 나는 먼저 더치 동료 모두가 의견을 충분히 주고받았는지 확인부터 하게 되었다.

대화를 통한 합의를 중요하게 생각하는 더치 문화는 개개인의 생각과 결정을 존중하는 결과로 이어진다. 한 번은 비즈니스 승객에게 와인을 쏟은 적이 있었다. 죄송하다는 말씀을 드렸지만, 화가 쉽게 풀리지 않으셨는데 정말 지금 생각해도 아찔하다. 나는 직접 사무장에게 상황에 대해서 알렸고 사무장은 직접 승객에게 사과하였다. 그래서 승객은 마음이 조금 누그러졌지만, 나에 대한 화는 풀리지 않았다. 모든 승객이 잠든 시간 사무장은 조용히 나에게 와서 승객에게 KLM에서 제공하는 세탁 바우처를 보여줬다.

"승객이 네가 쏟은 와인 때문에 기분이 많이 상하신 모양이야. 하지만 잘 이야기했으니까 걱정할 필요는 없어. 네가 그 상황을 해결하기 위해서 노력했으니까 괜찮아. 승객에게 이 세탁 바우처를 제공하려고 하는데 너의 생각은 어떤지 궁금해. 너는 이 방법에 어떻게 생각하니?"

나는 당연히 승객에게 바우처를 제공해야 한다고 말했고 이 상황에 대해서도 다시 한번 사무장에게 사과의 뜻을 전했다. 또 그 경험을 통해 느낀 점이 무엇인지 충분히 이야기를 나누니 나도 속상한 마음이 어느 정도 풀렸다. 사무장은 나에게 바우처에 서명을 부탁했고, 나는 내 이름으로 그 바우처를 승객에게 전달할 수 있었다. 무엇보다도 나는 그때 내가 한 실수를 내가 직접 책임지고 있다는 생각이 들었다. 아마 사무장이 그냥 절차에 따라 자신의 권한으로 해결할 수도 있었겠지만, 나의 의견을 물어봐 주어서 지금도 생각하면 감사하다. 그 이후 나는 '회사에서는 어떤 일이 있어도 나의 의견을 존중해 주는구나.'라고 생각했고 끝까지 책임지는 자세를 보이려 한다.

　네덜란드의 폴더 모델에서 파생한, 사회 전반에 나타나는 토론과 합의를 중시하는 네덜란드의 문화는 외국인들의 눈에는 비효율적으로 보인다. 무엇보다도 빠른 결과를 내는 것이 중요한 한국 사람들에게 이런 장시간의 토론과 합의 문화는 시간 낭비로 느껴진다. 하지만 더치 사람들은 폴더 문화를 통해 타인의 의견을 받아들이는 자세, 책임감, 그리고 결속력을 키우며 성장했다. 이러한 네덜란드 폴더 모델은 시간은 많이 걸릴지라도 결국에는 합리적인 의사결정을 이루어 내는 과정임은 틀림없다.

5. 푸른 유니폼의 노동자들 | 지휘자 안토니아

#성평등   #유연근로 시간제   #나이   #KLM승무원

암스테르담의 콘쎄르트 허바우(Het Concertgebouw)는 클래식 음악 애호가들은 반드시 들려야 하는 장소이다. 이 곳은 암스테르담을 대표하는 콘서트홀로, 암스테르담 오케스트라를 비롯한 다양한 오케스트라의 클래식 공연이 열린다. 1988년에는 네덜란드 베아트리스 여왕으로부터 왕립(Royal) 칭호를 부여받았고 그 이후 네덜란드 클래식을 대표하는 장소가 되었다.

"여자는 왜 지휘하면 안 되죠?"

옛날 이곳 로열 콘쎄르트 허바우에 '안토니아 브리코'라는 네덜란드계 미국 여성이 온 적이 있다. 남성 지휘자가 대부분이었던 시절, 지휘자의 꿈을 안고 네덜란드에 온 그녀는 이곳에 걸린 남성 지휘자의 초상화들을 바라보며 반드시 꿈을 이루겠다고 다짐한다. 그녀는 로열 콘체르트 허바우 앞 카페에서 당대 최고 지휘자였던 '밍겔 베르크'에게 지휘 공부를 하고 싶다고 말하기 위해 오랫동안 기다렸다. 그러나 돌아온 대답은 절망적이었고 그녀의 주변 사람들도 여성이 지휘자가 된 적은 없다며 포기하라고 말한다. 하지만 그녀는 베를린으로 건너가 여성 최초로 베를린 국립 아카데미에서 입학하여 지휘 공부를 하였고 나중에는 베를린 필하모닉 오케스트라 지휘자로 데뷔한다. 『지휘자 안토니아』는 유리 천장을 깨고 여성 최초로 지휘자가 된 안토니아 브리코와 그녀와 함께한 여성 클래식 연주자들이 사람들의 편견에 맞서는 실화를 바탕으로 한 소설이다.

그 당시 안토니아와 같은 시대에 살던 더치 여성들은 사회에 진출하지 않고 가정주부로 사는 사람이 많았다고 한다. 하지만 지금의 더치 여성들은 적극적으로 사회생활에 참여하고 있으며, 네덜란드의 사회, 정치, 노동 분야에서 여성의 참여 비율은 높다. 이렇게 더치 여성이 사회에 활발하게 진출하게 된 데에는 유연한 근로 시간제가 있었기 때문에 가능했다. 근로 시간이 유연하다는 것은 일할 시간을 노동자의 상황에 맞게 자유롭게 선택한다는 말이다. '파트타임 근무제'로도 불리는 유연 근로 시간제는 네덜란드에서는 보편화되어 있으며 정규직과 마찬가지로 승진은 물론 휴가도 똑같이 쓸 수 있다. 또 안정적인 보육 시스템과 국가 지원, 안정적인 파트타임 직장 시스템이 있었기에 여성들이 직업을 가지고 오랫동안 꾸준히 사회활동을 할 수 있게 되었다. 거의 전체 70퍼센트에 달하는 네덜란드 여성이 파트타임으로 일하고 있으며 오랫동안 직장생활을 하는 여성들도 많다.

KLM에서도 이 유연한 근로 시간제 덕분에 장기 근속자들이 많다. 나이에 상관없이 젊은 사람 못지않게 열정적으로 일을 즐기는 그들을 보면 정말 대단하다. 네덜란드에서는 나이가 많다고 해서 우대를 받거나 차별받는 경우가 없다. 한국에서는 노인 우대와 노인 공경을 중요하게 여기지만 네덜란드에서는 나이가 따라 우대해야 한다거나 대우가 달라야 한다고 생각하지 않는다. 나이에 대해 민감한 한국과 달리 네덜란드에서 나이는 크게 중요하지 않다.

'찬물도 위아래가 있다.'라는 말이 있는데 함께 일하면서 의식하지 않으려고 해도 한국인으로 태어난 이상, 더치 사람들과 일하면서 나이와 경력을 무시하긴 어렵다. 나보다 20년에서 30년을 더 오래 비행한 승무원들과 일을 하면 조용히 그분들이 편하신 대로 맞추어 드려야 할 의무감이 든다. 여기서는 평등하니까 편하게 하자고 생각해도 마음 한구석은 괜찮지 않다.

첫 인천—암스테르담 수습 비행에서 나는 두 명의 더치 동료들과 일하게 되었는데, 두 분 다 경력이 많았다. 첫 수습 비행이라서 그들이 어떻게 일하는지 관찰하고 배우는 게 목적이었는데, 본인들의 스타일이 있음에도 내가 교육에서 배운 대로 정확하게 알려주려 하셨다. 함께 일해보니 나이나 경력이 생각나지 않을 정도로 나를 같은 동료로서 존중해 주고 힘든 비행도 척척 해내셨다. 나이와 관계없이 오랫동안 자신이 좋아하는 일을 꾸준히 할 수 있다는 건 정말 멋지다고 생각했다. 서비스가 끝난 후, 팬데믹 시절에 대해 한 승무원이 이렇게 말했다.

"팬데믹 때문에 모든 비행이 취소될 때 '시간이 지나면 어떻게 되겠지'라고 생각했지. 처음에는 그동안 못했던 것들을 하면서 긍정적으로 시간을 보내려 했는데 이 상황이 지속되면서 점점 불안해지더라고. '혹시 이 직업을 더 이상 못하는 게 아닐까'라는 걱정도 생겼어. 이제 나이가 있고 비행도 할 만큼 했으니 그만두게 된다면 뭐 그만두는 거지라고 생각했어. 그런데 KLM에서 다시 연락이 왔고 비행을 시작하는데 처음으로 감사하다는 마음이 들었어. 팬데믹으로 내가 깨달은 건 아직도 이 직업을 사랑하고 있다는 사실이었어. 나는 아직도 이 일이 너무 좋아."

처음 신입 교육을 위해 암스테르담으로 가는 비행기에서 KLM 승무원들을 봤을 때 젊고 키가 큰 금발 머리 여성들만 눈에 들어왔다. 그 후 이곳에서 다양한 연령대의 더치 여성들을 만나게 되니 자신의 직업과 일을 사랑하는 성실한 더치 여성 노동자들이 있었다. 그런데 좀 더 자세히 보면 똑같은 푸른색 유니폼에 가려져 보이지 않았던 것들이 보인다. 바로 초심을 잃지 않고 흰머리를 휘날리며 땀 흘려 일하는 더치 여성들이다.

6. 결혼하지 않아도 행복한 엄마들 | 레슨 인 케미스트리

#파트너등록제   #가정과 직장 균형   #육아   #가정의 형태

KLM에서는 파트타임으로 일하는 엄마가 많다. 비행에서 만난 한 더치 동료는 업무의 절반 수준인 50% 스케줄로 일을 하는데 아이들과 많은 시간을 보낼 수 있어서 그렇게 일하고 있단다. 그녀는 승무원이라는 직업을 통해 삶의 행복을 느끼고, 일을 마친 후, 그 행복과 에너지를 가족들과 함께 나눌 수 있어서 이 직업을 사랑한다고 말했다. 육아와 일을 병행할 수 있는 근무 환경도 부럽지만, 무엇보다 그녀의 편안한 표정과 여유를 보면 머릿속에 떠오르는 게 많다.

KLM 승무원이 되기 전 유아 영어 강사로 일한 적이 있었다. 어린아이들과 놀이를 통해 영어를 가르치는 일을 하다 보니 첫아이를 둔 젊은 어머님들을 만날 기회가 많았다. 어머님들에게 이런저런 고충을 들으면서 육아는 절대 쉬운 게 아닌 걸 알게 되었다.

사실 직장과 육아에서 완벽하게 임무를 다하는 야무진 한국 어머니들이 많다. 하지만 그 당시 나는 아이에게 좀 더 잘해주지 못해서 미안한 마음을 가지거나, 지쳐있는 어머니들을 많이 만났다. 가끔 그때 어머님들과 나눴던 대화들이 머릿속에 떠오르면 속상하다. 왜 한국은 여성이 자존감을 지키며 일과 가정에서 균형을 이루기 힘든 사회 구조인지 모르겠다.

소설 『레슨 인 케미스트리』에는 여성이라는 이유로 차별받으며 직장에서 꿋꿋이 버텼지만, 싱글 맘이 되자 연구실에서 쫓겨나 대신 부엌을 실험실로 만든 엄마가 있다. 울어대는 아이 때문에 수면 부족으로 부엌 바닥에서 잠들었던 어느 날, 이 모습을 몰래 지켜보던 이웃이 나타나 그녀를 도와준다. 그녀의 이웃은 그녀에게 아이가 태어나면 많은 것들이 변하지만 절대 잊지 말아야 하는 것이 있다고 말한다. 바로 매일 가지는 자신만의 시간이다. 자존감을 지키며 엄마의 의무를 다하는 힘은 엄마만의 시간에서 나온다.

자녀를 둔 더치 동료들은 아이를 위해 자기 일을 포기하거나 희생해야 하는 것을 이해하지 못한다. 한 더치 동료는 비행 때문에 일주일을 넘게 집을 비워도 아이들 때문에 미안한 적이 없다고 말했다. 비행 후, 집으로 돌아온 아이가 안아달라고 매달려도 '엄마는 지금 비행 다녀와서 피곤하니까 이제 잘 거야. 방에 들어오지 말고 밖에서 놀고 있어.'라고 딱 잘라 말한다. 아이들을 소중하게 여기지 않아서 하는 말이 아니라고 한다. 그들은 자기 일에 대한 열정만큼 자녀들을 사랑하고 자신의 직업을 얼마나 사랑하는지 항상 아이들에게 말한다. 그들에게는 일을 통해 얻는 행복도 자녀에 대한 사랑만큼 중요하다. 또 자신이 일을 계속하면 아이들을 데리고 자주 여행 다닐 수 있고, 다양한 경험을 자녀들에게 나눌 수 있어서 좋다고 생각한다.

더치 동료들은 자신들이 자신의 직업을 사랑할 수 있는 이유는 유연한 근로 시간제가 있기 때문이라고 생각한다. 유연한 근로 시간제 덕분에 비행을 갈 때는 자신만의 시간을 가지지만, 다시 네덜란드로 돌아왔을 때는 자녀들에게 집중할 수 있는 시간을 가질 수 있다. 그렇게 이들은 일과 가정의 균형을 이루며 살아간다. 또 어린 자녀를 둔 더치 엄마들은 국가에서 운영하는 어린이집에 안심하고 자녀를 맡긴다. 그들은 어린이집에서 자녀가 다른 아이들과 노는 법을 배울 수 있으므로 빨리 어린이집에 보내는 것이 자녀의 사회성 발달에 좋다고 생각한다. 아무래도 어머니들이 안심하고 보낼 수 있는 네덜란드의 보육 시스템 덕분에 가능한 일인 것 같다.

결혼에 대해서도 매우 유연하게 생각하는 편이다. 내가 만난 더치 동료들은 가톨릭을 제외한 대부분은 결혼하지 않고 자녀가 있는 경우가 많았다. 파트너와 20년에서 30년 넘게 함께 살고 있지만, 반드시 결혼해야 한다고 생각하지 않는다. 이에 대해 몰랐던 나는 KLM 교육 기간 더치 교관들이 가족에 대해 이야기할 때마다 걸리는 게 있었다. 자꾸 자녀들의 아버지를 '남자친구(Boyfriend)'라고 부르는 것이다. 처음에 그들의 사생활에 뭔가 복잡한 사정이 있나 싶어서 물어보진 않았다. 하지만 들으면 들을수록 그 남자친구는 아이의 아버지가 맞는 것 같았다. 그래서 실례를 무릅쓰고 물어본 적이 있었다.

"나 뭐 하나 물어봐도 돼? 왜 남편을 남자친구라고 자꾸 부르는 거야?"

"하하, 우리 결혼은 안 했는데 같이 살고 있어. 네덜란드에서는 동거하면서 아이를 기르는 사람이 많아."

네덜란드에서는 '파트너 등록제(Registered Partnership)' 라는 제도가 있는데 동거인을 파트너라고 부르며 법적으로 부부 관계로 본다. 동거하는 남녀 사이에 태어난 아이도 결혼한 남녀의 자녀처럼 똑같은 법의 보호 아래 놓인다. 파트너 등록제와 결혼은 서로 헤어졌을 시 절차상 차이가 있다. 동거하다가 헤어지는 경우는 시청에 신고만 하면 되지만 결혼의 경우 법원의 판결이 있어야 이혼이 성립된다.

원래 네덜란드는 전통적인 결혼을 중시했다고 한다. 하지만 시간이 지나면서 오히려 동거 형태를 점점 허용하게 되었고 사람들은 점점 더 결혼에 대해서 유연하게 생각하게 되었단다. 더치 사람들은 삶의 반려자와 함께 사는 데 어떠한 형식에 얽매이지 않는다. 그래서 서로 사랑한다면 단칸방에서 동거 생활을 시작해도 문제없다고 생각한다. 동거하다가 아이가 생겼는데 만약 헤어지면 공동양육을 하며 각자 보호자로서 끝까지 의무를 다한다. 결혼은 그냥 하나의 계약, 의식이라고 생각하며 다양한 가족의 형태를 인정한다.

비행에서 만난 한 더치 동료도 현재 같이 살고 있는 파트너와 결혼이 아닌 동거 중이다. 긴 연애 끝에 함께 살게 되었고 두 아이를 낳고 사는데, 곧 있으면 그들이 정식으로 가정을 이룬 지 10년째 된다고 한다. 최근에 그녀의 친구가 프러포즈를 받았는데 이 소식을 들은 그녀의 남자친구는 10년 결혼 기념 선물로 청혼하려고 생각 중이란다. 결혼식도 올릴지는 모르겠다고 해서 왜인지 물어보니 결혼식은 비용이 많이 들기 때문에 생략하는 경우가 많다고 한다.

또 함께 비행했던 다른 동료는 남편의 종교가 가톨릭이라서 결혼하자는 말은 평소에 종종 들었다고 한다. 하지만 결혼하고 싶지 않아서 미루던 중 20년이 지난 어느 날 남편이 낭만적인 프러포즈를 했고 감동한 그녀는 얼마 전 결혼했다. 결혼사진을 보여줬는데 남편은 웨딩드레스를 입고, 그녀는 남성 정장을 입고 있었다. 물어보니 그녀는 남편과 추억에 남을 만한 특별한 결혼식을 하고 싶어서 일부러 그렇게 했다고 말했다. 두 사람의 결혼사진을 보니 남편의 나이가 많아 보여 몇 살인지 물어봤다. 그랬더니 그녀는 자신과 25살 차이가 나며 연상이라고 말했다. 한국에서 나이가 25살이나 차이가 난다면 난리가 나겠지만, 네덜란드에서는 아무도 신경 쓰지 않는다. 남들이 뭐라든 상관없다는 듯 25살 차이 나는 사진 속 커플은 정말 행복해 보였다.

이렇게 더치 사람들은 자신들에게 합리적이고 실용적인 이유로 다양한 가정의 형태를 꾸려나간다. 남들의 시선에 신경 쓰지 않고 자신들의 행복을 추구하는 그들의 태도는 이렇게 결혼관에서도 나타난다. 한국과 비교하자니 한국은 네덜란드에 비해 까다로운 것 같다. 집이 없으면 결혼도 할 수 없고 돈도 많이 모아야 하니까 말이다. 하지만 결혼하지 않고도 행복하게 살고 있는 더치 사람들을 만나보면 막상 결혼의 조건이 꼭 까다롭지만은 않은 것 같다. 네덜란드에서는 사랑만 있다면 어떤 문제든지 개의치 않고 자신들이 원하는 형태로 가정을 이루어도 괜찮다.

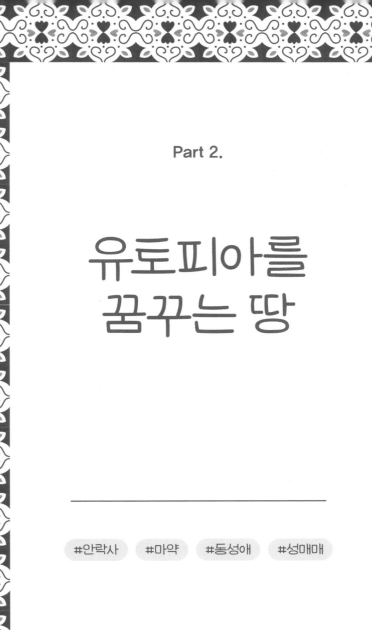

Part 2.

유토피아를
꿈꾸는 땅

#안락사 #마약 #동성애 #성매매

네덜란드는 개인의 자유를 최대한 보장한다. 1976년, 대마를 세계 최초로 허용해 강한 마약의 확산을 막았고, 성매매는 1988년 공식적으로 직업으로 인정하여 음지에서 양지로 드러냈다. 2001년, 동성 결혼을 최초로 인정하고 2002년에는 말기 환자에 대한 안락사를 허용했다.

1. 행복을 끌어당기는 단어 Gezellig(허젤럭흐) | 오렌지 베이커리

#우울증   #허젤럭흐   #Gezellig   #일상속의 행복

『오렌지 베이커리』라는 책 표지에는 빵 한 바구니를 안은 채 환하게 웃는 소녀가 있다. 키티라는 이름을 지닌, 오렌지를 닮은 상큼한 분위기의 소녀는 사실 심각한 우울증을 겪고 있어서 몸도 제대로 가누지 못했었다. 주체할 수 없는 우울감 속에 잠식하던 어느 날, 방에서 나온 그녀는 아빠를 도와 처음으로 빵을 굽게 된다. 서툴지만 그럭저럭 완성된 빵을 주변의 이웃들에게 나누어 주며 그녀는 조금씩 우울증에서 벗어나기 위해 용기를 낸다. 그렇지만 우울증을 극복하는 과정은 순탄치 않았고 실패할 때마다 다시 방 안으로 숨기도 했다. 반복적으로 찾아오는 우울에서 벗어나기 쉽지 않았지만, 그녀는 숙성시키기 까다로운 빵 반죽을 자신의 마음과 같다고 생각했고, 이를 소중히 다루면서 자기 마음을 돌보는 방법을 함께 배운다. 누군가에게 빵 만드는 일은 대단한 일도 아니고 어렵지 않은 일이다. 하지만 『오렌지 베이커리』를 읽으면 **빵** 굽는 것과 같은 작은 일을 통해 우리는 아주 쉽게 행복을 느낀다는 것을 알게 된다.

서비스가 끝나고 휴식 시간에 더치 동료들과 모여 앉아 이런저런 이야기를 하다 보면, 그들의 삶에 조금씩 다가가게 된다. 대화를 하며 내가 더치 동료들에게 종종 듣는 말이 있다.

"그래서 지금 너는 행복하니?"

내가 만난 더치 동료들은 승무원이라는 직업 외에도 다양한 삶을 즐기고 있으며 행복하다는 말을 자주 하는 편이었다. 한 승무원은 펜싱을 좋아해서 펜싱 감독과 선수를 겸하는데 일본 문학에도 관심이 많아 쉬는 날에 집에서 책을 읽을 때가 가장 행복하다고 한다. 또 다른 승무원은 팔찌나 목걸이를 만들어 소소하게 온라인 앱에서 판매하는데 자기 작품을 사주는 고객이 있어서 행복하다고 말했다. 이렇듯 자신이 좋아하는 일에서 행복을 찾고 작은 성취에 만족하는 더치 동료들을 많이 만날 수 있었다. 왜 행복하다고 느끼는지 이유를 물어보면 그들의 대답은 별로 어렵거나 복잡하지 않았다.

네덜란드 사람들은 돈의 가치를 중요하게 생각하고 돈을 좋아하는 건 맞지만, 삶의 목표가 돈이 아니다. 그리고 네덜란드 사람들은 상당히 가정적이다. 그래서 많은 돈을 벌기 위해 가족들과 보내는 시간을 줄여야 한다고 생각하지 않는다. 일보다는 가족이 우선이고 가족들과 어디로 휴가를 갈지, 또는 어떻게 휴가를 보낼지를 더 중요하게 생각한다. 특히 네덜란드를 여행하면 가족들과 함께 시간을 보내고 있는 더치 사람들을 많이 보게 된다. 이런 모습을 볼 때마다 더치 사람들은 가족을 소중하게 여기고, 가족과 함께 일상의 소소한 행복을 느끼는 것을 소중히 여긴다는 걸 알 수 있다. 아주 작은 것에 쉽게 만족하고 살아가는 그들을 보면 느끼는 바가 많다. 간혹 이들에 비해 '혹시 내 행복의 기준이 너무 높지 않나?'라고 생각하게 된다. 그런데 내가 언제 행복감을 느꼈는지, 혹은 나는 지금 행복한지 스스로 물어보면 막상 대답하기 어려운 이유를 모르겠다. 최선을 다해서 살아야 삶의 보람을 느끼고 행복도 그 안에서 찾을 수 있다고 생각했는데, 막상 네덜란드를 여행하면 '행복은 내가 노력해서 얻는 게 아니라 주변에 있는 게 아닐까?'라고 생각하게 된다.

한 번은 더치 승무원의 저녁 식사에 초대받은 적이 있었다. 도착하니 나 외에도 그녀의 다른 지인들도 있었는데 모두 처음 보는 사이라서 어색했다. 하지만 어색했던 분위기도 잠시, 말로만 듣던 정말 무엇이든 말하는 더치 스타일의 토론이 시작됐다. 이혼, 연애, 사회 이슈, 전 부인과의 관계와 같은 개인적인 고민에 대해 허심탄회한 이야기는 계속되었고 나처럼 내향적인 사람은 쉽게 말하기 힘든 주제였음에도 왠지 모르게 편안하게 대화할 수 있었다. 어느덧 깜깜한 밤이 찾아왔고 식후 디저트로 따뜻한 커피와 비스킷이 나왔다. 초를 밝히고 음악을 들으며 선선하게 불어오는 바람을 느끼며 대화는 계속되었다. 대화의 흐름이 잠시 멈춘 사이, 한 사람이 시원한 공기를 들이마신 후, 이렇게 말했다.

"허젤럭흐.(Gezellig.)"

네덜란드 말로 '허젤럭흐(Gezellig)'는 편안함, 따스함, 소속감, 사랑, 행복감, 안정감, 연대감 등등 다양한 의미를 포함하고 있어서 영어로 정확히 표현할 수 있는 단어가 없다고 한다. 우리나라의 '정'이 여러 상황에서 한국인들만이 이해하는 감정이고 다양한 영어로 표현되는 것처럼 '허젤럭흐'도 마찬가지이다. '허젤럭흐'는 분위기나 느낌만이 아니라 집이나 정원, 혹은 사람과의 관계에 대해서도 쓰인다. 언제 어떻게 사용하든 '허젤럭흐'는 네덜란드 사람들에게 최고의 찬사이며 칭찬이다.

커피를 좋아하는 나는 한때 산지별로 원두를 사두고 매일 아침 그라인더에 원두를 갈아 커피를 내리며 일상을 시작했었다. 다양한 드립 기구들을 구비해 두고 새로운 원두를 사면 다양한 방법으로 커피를 추출해서 마셨다. 왜 그랬냐고 묻는다면 행복해지기 위해 커피를 마신 건 아니라고 확실히 말할 수 있다. 그저 자주 마시다 보니 커피를 다양하게 마시게 되었고 알게 된 것이 많을 뿐이다. 나는 항상 경험하지 못한 새롭고 특별한 커피가 마시고 싶었다. 네덜란드에 자주 오게 되면서 네덜란드에는 어떤 특별한 커피가 있을까 기대했으나 솔직히 특별하게 마신 커피는 아직 없다.

암스테르담의 어느 아침이었다. 일찍 눈을 일어나는 바람에 원래는 잘 챙겨 먹지 않는 조식을 먹으러 호텔 식당에 갔다. 이른 아침이라 사람들이 많이 없었고 식당은 조용했다.

대충 기계에서 내린 커피를 들고 대형 유리창을 마주 보고 앉았다. 새벽이라 밖이 잘 보이지 않았는데 점점 날이 밝으면서 가을이라 울긋불긋 아름답게 물든 나무들이 보이기 시작했다. 하늘하늘 춤추듯이 떨어지는 낙엽들 사이로 출근하는 사람들의 자전거 행렬이 보였다. 그날따라 손에 든 커피는 너무나 따뜻했고 코끝에서 느껴지는 커피 향도 좋았다. 바깥 풍경을 보면서 조용한 아침 풍경을 바라보고 있자니 마음도 편안해졌다. 커피 한 모금을 마시니 갑자기 이 단어가 머릿속에 떠올랐다.

"허젤럭흐.(Gezellig.)"

2. 행복한 동물의 나라 │ 어서 오세요, 고양이 식당에

#네덜란드 동물 복지   #동물입양   #애견샵   #네덜란드의 자연과 동물

네덜란드 대표 체인 마트인 '알버트 하인(Albert Heijn)'에 장을 보러 갔다. 입구 앞에 큰 개 한 마리가 주인을 기다리고 있었는데 신기하게도 목줄도 없이 얌전히 앉아 있었다. 사람들이 많이 지나다니지만 흥분하지도 않고 얌전히 주인을 기다리고 있다니 사람인지 개인지 헷갈린다. 대중교통을 이용할 때도 주인과 함께 조용히 있는 개도 많이 본다. 그래서 한참 후에나 개가 있었다는 사실을 알곤 한다. 네덜란드에서는 이렇게 점잖은 개들이 자주 보인다. 원래 네덜란드 개들은 침착하고 점잖은 걸까?

네덜란드에는 작고 큰 숲이 많다. 주말이 아닌 평일에도 부모들은 아이들을 데리고 암스테르담 숲에 있는 염소 농장으로 놀러 가는 걸 자주 봤다. 염소만 있는 게 아니라 닭과 양처럼 다른 동물들도 있어서 아이들은 그곳에서 다양한 동물들을 접할 수 있다. 또 근처에 승마장이 있어서 말을 타고 숲을 거니는 사람들도 자주 볼 수 있다. 그래서 암스테르담 숲을 걸어가면 멀리서 염소가 '메에'하고 우는 소리, 말들의 말발굽 소리, 그리고 산책하는 개들과 사람들의 조용한 발소리로 가득하다. 그러고 보니 네덜란드에서는 다양한 동물을 쉽게 접할 수 있는 환경이 가까이에 있는 것 같다.

네덜란드는 대표적인 동물 복지 선진국으로 동물 학대를 강력하게 처벌한다. 동물을 학대하면 벌금은 물론이고 징역형까지 받을 수 있다. 투표권이 없는 동물을 위한 정당, 갑자기 아픈 동물들을 위한 구급차와 동물 학대 범죄를 전문적으로 담당하는 경찰도 있다. 대다수의 상점이나 레스토랑 혹은 카페에서도 개를 데리고 갈 수 있고 대중교통도 함께 이용할 수 있다. 주인의 곁에서 태연하고 느긋하게 있는 걸 보면 이곳 동물들은 평소 스트레스가 없는지 평화롭다. 고양이들도 마찬가지다. 네덜란드의 고양이들은 다들 털이 깨끗해서 집고양인지 길고양이인지 구별이 안 된다. 그에 비하면 한국으로 돌아와 내가 살고 있는 동네에서 우연히 고양이를 보면 고양이들이 길거리 생활에 지쳐있고 털은 듬성듬성하며 배는 홀쭉하다. 주변 신경 쓸 여유도 없이 힘없이 걸어가는 한 국 길고양이들을 보면 네덜란드 고양이들과 달라서 마음이 아플 때가 많다.

『어서 오세요, 고양이 식당에』는 나그네처럼 잠시 왔다 가 는 시골 길고양이들의 이야기이다. 아름다운 시골 풍경은 고 양이들의 미모를 거들고 있는데 시골 풍경과 고양이는 언제 나 옳다. 그런데 시골에서는 이런 길고양이들이 골칫덩어리 들이란다. 시골에는 유기된 고양이나 강아지가 많아서 배고 픈 동물들이 농작물을 망치기 때문이다. 그래서 일부러 쥐약 을 놓기 때문에 쥐약을 탄 음식을 먹고 죽는 고양이들이 많 다고 한다. 푸근한 시골 인심을 생각하면 믿기 힘든 사실이 지만, 한국의 시골은 동물에게 인심 쓸 만큼 여유롭지 않다. 한국의 동물은 버려지기도 쉽고 편안하게 살기도 어려운 것 같다. 다 함께 잘 사는 좋은 방법은 없는 걸까.

네덜란드에서는 절대 볼 수 없지만 한국에서는 쉽게 볼 수 있는 것이 있는데 바로 애견숍이다. 작은 유리 상자 안에 태 어난 지 얼마 안 된 강아지들을 물건처럼 전시된 모습을 더치 사람들이 본다면 그들은 의심할 것도 없이 바로 동물 학대를 떠올릴 것이다. 한국은 애견숍에서 강아지를 물건처럼 살 수 있지만 네덜란드는 투명한 절차를 통해 강아지를 입양한다. 내가 만난 한 더치 승무원은 시바견을 입양했는데, 입양 과정에 관해 물어보니 적지 않은 시간이 걸렸다고 한다. 또 입양 전에는 주인도 애완견의 사회화 교육을 철저히 받는다. 입양이 결정되고 아이들과 함께 강아지를 보고 왔다며 그때 찍은 사진을 보여줬다. 이름은 '카와이(일본어로 '귀여운'이라는 뜻)'라고 부르기로 했다며 모두 이 귀염둥이가 오는 날을 손꼽아 기다리고 있단다.

KLM에도 애견인들이 많아서 서로 키우는 강아지 이야기도 자주 하는 편이다. 전에 만난 한 승무원은 자기 강아지는 '소시지 독'인데 '귀여운데 한번 볼래?'라고 먼저 말하며 사진을 보여줬다. 진짜 '비엔나소시지'가 생각나는 잔주름 없는 통통하고 귀여운 닥스훈트였다. 비행 때문에 집을 비우는 일이 잦은데 혹시 강아지가 분리불안이라도 있는지 물어봤다. 최근 강아지의 일상을 담은 영상을 자주 보면서 '강아지가 생각보다 정말 섬세한 동물이다.'라고 생각했기 때문이다. 그랬더니 그녀는 다행히 자기가 없는 동안 돌봐줄 사람들이 많고 워낙 애교가 많은 아이라서 소시지 독이 불안을 느낀다고 생각한 적은 없다고 말했다. 비행을 마치고 돌아와 가족이나 남자친구에게 부탁한 소시지 독을 데리러 가면 통통한 몸뚱이를 뒤뚱뒤뚱 흔들면서 오는데 자기 눈에는 너무나 사랑스럽다고 한다.

또 농장을 운영하며 여러 마리의 동물들과 함께 사는 승무원도 있었다. 남편과 농장을 운영하면서 말과 닭 그리고 두 마리의 개를 키우고 있단다. 농장에서의 삶은 바쁘지만, 그녀가 행복한 이유는 바로 그녀가 키우는 말 때문이다. 그녀는 말을 탄 자기 모습과 승마하는 동영상을 보여주었다. 왜 말을 기르게 되었냐고 물어보니 말과 교감하면서 받는 위로와 안정감은 말로 설명하기 힘들 정도로 크다고 한다. 내가 만난 더치 사무장도 네덜란드에서 말 농장을 경영하고 있는데 정서상 불안하거나 마음의 상처가 있는 사람들이 말과 교감하며 트라우마를 극복하도록 돕는 사업을 하고 있었다.

네덜란드에서 기차를 타고 창밖을 보면 드넓은 들판에서 풀을 뜯고 있는 소나 말을 보게 될 것이다. 이러한 전원 풍경은 네덜란드에서는 아주 흔하다. 네덜란드 소는 가까이서 보면 압도적인 크기를 자랑하는데 네덜란드는 사람도 동물도 크기가 1.5배 확대된 것 같다. 큰 덩치를 지닌 네덜란드의 소들은 볼 때마다 편안해 보였다. 소들만 편안해 보이는 게 아니다. 네덜란드를 여행하며 만난 말이나 양 그리고 여러 동물을 떠올려 보면 네덜란드는 동물도 행복한 게 확실하다. 네덜란드 사람들의 동물을 향한 사랑과 애정은 동물을 쉽게 접할 수 있는 자연환경에서 나오는 게 아닐까. 동물과 접할 기회가 많이 없었던 나는 사실 덩치가 큰 동물이 다가오면 겁부터 나는데 그들은 처음 보는 동물이라도 친근하게 다가간다. 이렇게 네덜란드에서 행복한 동물을 자주 보게 되면 한국에 돌아왔을 때 길에서 만나는 모든 동물이 신기하게도 다 사랑스럽다. 네덜란드에서는 인간뿐만 아니라 살아 있는 모든 동물도 행복하게 살 권리가 있다.

3. 인간답게 죽을 권리를 말하다 | 동생이 안락사를 택했습니다

#안락사   #삶의 의지   #가족의 사랑   #행복한 추억

"어? 내 아이디 카드가 어디 갔지?"

한국으로 돌아가는 날, 준비를 마치고 나니 택시 픽업까지 15분 전이었다. 분명히 암스테르담에 도착한 날에 유니폼을 봉투에 담아 프런트에 맡겼다. 그전에 배지와 아이디 카드를 빼서 테이블 위에 둔 것 같은데 아이디 카드만 없다. 깜빡하고 아이디 카드만 빼지 않은 건가? 아이디 카드는 비행 전 보안상 신원 확인을 위해 꼭 필요하다. 크루 센터로 가기까지 15분 전, 그리고 리포팅 타임(Reporting time)까지 약 1시간 남았다. '진짜 나 오늘 한국 못 가는 거 아닌가?'라는 생각에 눈앞이 캄캄했다. 부랴부랴 세탁 서비스 센터에 전화했으나 이미 다들 퇴근했다고 한다. 바로 크루 센터로 전화했더니 임시 아이디를 발급받을 수 있는지 보자며 일단 오라고 했다. 혹여나 임시 아이디를 발급할 수 있지 않을까 희망을 안고 나는 크루 센터로 도착하자마자 데스크로 쏜살같이 달려갔다.

 "아까 전화했던 한국인 크루인데 내가 아이디 카드가 없다는 걸 픽업 바로 전에 알았어. 호텔 세탁 서비스도 지금 저녁이라 문을 닫아버려서 내 아이디를 보관하고 있는지 지금 확인할 수 없어. 무슨 방법이 없을까?"

 안타깝게도 크루 센터에 있는 임시 아이디 발급 기계는 네덜란드 여권만 가능해서 나에게는 소용없었다. 직원이 어쩔 수 없다며 일단 내 사원 번호를 물었다. 너무 당황해서 사원 번호가 바로 생각이 나지 않아 그 직원 책상에 놓인 펜을 다짜고짜 잡고 말했다.
 "나 너무 당황해서 기억이 안 나는데 여기 한 번 써보면 기억날 것 같아."
 걱정스러운 표정으로 하나둘 데스크 직원들이 책상 앞 스크린에서 눈을 떼고 나를 쳐다본다.
 "괜찮아. 일부러 그런 것도 아니고 이런 일은 있을 수 있어. It is what it is. (어쩔 수 없지.)"
 옆에 앉은 직원은 '물 한 잔 마실래?'라며 친절히 물어봤다. 벌컥벌컥 물을 마시고 초조하게 기다리는데 잠시 후 데스크 직원이 다시 불렀다.

"너 오늘 인천행 비행은 못 가게 됐어. 스탠바이인 다른 크루한테 연락했으니 너를 대신해서 갈 거야. 내일 회사 아이디 발급하는 오피스가 문을 여니까 가서 다시 발급받고 내일 인천행 비행에는 데드헤딩(Deadheading)으로 가면 돼. 방금 호텔에 연락해서 방 다시 예약했고 곧 택시가 올 거니까 호텔 가서 푹 쉬어. 너무 걱정하지 말고 내일 아이디 재발급받아."

호텔로 돌아간 뒤에도 다시 한번 방으로 전화가 왔다. 전화를 건 KLM 직원은 호텔에 잘 도착했는지 궁금해서 전화했다며 너무 걱정할 필요 없고 오늘 푹 쉬고 내일 아이디 재발급받으라며 '잘자'라는 인사를 하며 끊었다. 고마움과 민망한 감정이 복받쳐 올라 오히려 잠이 안 왔다.

'데드헤딩(Deadheading)'은 엄밀히 말하면 근무이지만, 다른 승무원들처럼 일하지 않고 승객처럼 좌석에 앉아 가는 걸 말한다. 그래서 승객 신분으로 가더라도 유니폼을 입고 크루 센터로 출근하여 그날 비행하는 크루와 함께 비행기로 들어간다. 함께 가는 승무원들과 인사하니 '너 왜 데드헤딩이야?'고 하길래 상황을 말했다. 그랬더니 다들 '그런 일이 있을 수도 있다'라며 걱정하지 말고 오늘 편안히 가라며 위로해 줬다.

다행히 함께 데드헤딩으로 가는 더치 승무원이 있었다. 함께 좌석을 찾아 준비한 후 옆자리를 보니 그녀는 혼자 계시는 어머니에게 문자를 보내는 중이었다. 어머니 혼자 집에 계셔서 괜찮은지 물어봤더니 자연스럽게 그녀는 돌아가신 아버지에 대해 이야기했다.

"사실 우리 아버지가 알츠하이머 초기 진단을 받았어. 진단받은 후 사랑하는 사람을 알아보지도 못한 채 남은 시간 가족들에게 고통을 주는 게 싫고, 사랑하는 가족도 알아보지 못하는 마지막 모습은 싫다고 하셨어. 그래서 안락사를 선택하셨고 작년에 안락사로 돌아가셨기 때문에 엄마 혼자 살고 계셔. 아, 네덜란드는 안락사가 합법인데 알고 있지?"

당연히 들어본 적이 있다. 주로 스위스에 관한 것만 들어보긴 했지만 말이다. 하지만 알츠하이머 초기이고 그 당시 건강하셨는데도 그렇게 일찍 안락사를 결정하셨다니 놀라웠다.

"안락사 승인을 받으려면 절차가 까다로워. 일단, 여러 의사의 동의는 물론이고 가족들의 허락도 필요해. 그 당시 당연히 우리 가족들은 싫다고 했지만, 아버지가 정말 단호하게 원하셨어. 가족들에게 건강하고 행복한 모습만으로 기억되고 싶다고 간절히 말하셨거든. 안락사를 결정하고 돌아가시는 날까지 우리 가족들이 아버지와 얼마나 행복한 시간을 보냈는지 몰라. 그때 그 순간이 아직도 떠올라. 우리 아버지는 정말 용감한 사람이야."

네덜란드는 세계 최초로 안락사를 허용한 나라이며 현재 안락사의 허용 범위를 1세에서 11세까지 확대 허용하는 법안이 발의되어, 소아암과 같은 불치병을 앓는 아이들의 안락사도 가능해질 수 있다. 처음엔 여론의 반대가 심했지만, 네덜란드의 2020년 연구 자료에 따르면 불치병 어린이와 가족들이 얼마나 큰 고통을 겪는지에 대한 연구 결과가 나오면서 여론이 달라지고 있다고 한다. 현재 네덜란드 내에서 안락사 처치를 받는 대부분의 사람은 말기 암 환자들이며, 약물을 투여하는 적극적 안락사이다.

『동생이 안락사를 택했습니다』는 말기 암 환자도 아닌데도 안락사를 택한 41세의 더치 남성에 관한 이야기이다. 그는 결혼 후 아들 둘을 낳고 큰 사업체를 운영했으며 큰 집에 좋은 차도 있었던 평범한 남자였다. 그런데 사업이 커지면서 수년간 잠복해 있던 우울증과 불안장애로 정신적 고통을 겪었다. 처음에 그는 술을 마시며 스트레스를 풀기 시작했다. 하지만 불안과 우울증은 더욱 심해졌고 이것을 억누르기 위해 더 많은 양의 술을 마시기 시작했다. 결국 그는 알코올 중독자가 되어 입원과 퇴원을 반복하였고, 술에 취해 인사불성이 된 상태에서 길에서 구타당하기도 한다. 심각한 알코올 중독자들은 술을 마시지 않으면 발작을 일으키므로 마시고 싶지 않아도 약처럼 술을 마셔야 한다고 한다. 화장실도 자기 의지대로 갈 수도 없고 샤워도 스스로 못할 정도로 쇠약해진다. 충분한 고민 끝에 그는 더 이상 가족들에게 피해를 주지 않기 위해 안락사를 택하기로 했다. 그가 또 다른 이유로 든 것은 자신의 정신과 육체가 이미 자신의 의지만으로는 중독을 이겨낼 수 있는 한계를 벗어났기 때문이었다. 그래서 정신과 의사들과 심리학자들, 가정의와 함께 충분한 시간을 가지고 안락사를 준비하기 시작했다. 그는 죽음에 대해

1년 6개월이라는 시간 동안 충분히 생각할 시간을 가졌고 가족들은 그의 결정에 따랐다.

세상에는 사람의 의지로 이겨낼 수 없는 것이 있는 것 같다. 직접 그 상황을 겪지 않으면 절대 모르는 엄청난 고통이 존재한다. 감당할 수 없는 아픈 삶을 살고 있는 사람들을 나는 얼마만큼 이해하고 있는 걸까?

나는 사실 죽음이란 예고하지 않고 갑작스럽게 찾아온다고 생각했다. 뉴스나 매체에서 접하는 암이나 사고처럼 죽음은 불시에 찾아온다고 생각했다. 그래서 죽음은 내가 결정하는 문제가 아니라 신이 결정한 것이기에 죽는 날까지 살아야 하는 게 우리에게 주어진 사명이라고 생각했다. 또 삶을 포기하지 않고 끝까지 싸우는 사람도 있기에 살아있다는 것 자체에 감사해야 한다고 생각했다. 하지만 『동생이 안락사를 택했습니다』의 저자는 '삶은 의무가 아니며 죽음을 원하면 죽음을 선택할 수 있다'라고 말한다. 육체적 혹은 정신적 고통을 참을 수 없어서 죽기를 원하는 사람은 도움을 받든 안 받든 결국에는 죽기 때문에, 죽음이 구원이라면 그 사람을 도와주어야 한다고 말한다.

내가 읽은 또 다른 책『Crying in H Mart (H마트에서 울다)』는 조금 다르다. 이 책의 작가는 한국계 미국인으로 그녀의 한국인 어머니는 암 선고를 받았다. 이후 작가의 정성 어린 간호 아래 항암 치료를 받았지만, 암세포는 결국 손쓸 수 없이 전이되었다. 결국 작가의 어머니와 가족들은 그녀의 남은 삶이 의미 있게 마무리될 수 있도록 최선을 다한다. 하지만 이러한 노력에도 불구하고 작가의 어머니는 고통스럽게 돌아가셨고 가족들은 괴로워하던 그녀의 마지막 모습이 충격적이라 한동안 그 모습을 잊지 못했다. 용감하게 병마와 싸워 맞이하는 죽음이든, 안락사든 간에, 가족에게 슬픔과 후회를 주지 않는 죽음은 이 세상에는 없다는 것을 알게 된다.

죽음은 누구에게나 공평하게 찾아오지만, 고통은 공평하지 않다. 그리고 죽은 자는 타인의 고통을 덜어줄 수 없다는 사실을 받아들여야 한다. 암 환자를 지켜보는 가족들의 고통은 상상을 초월했고, 알코올 중독자를 지켜보는 가족도 비슷한 고통을 겪었다. 이 두 사람의 죽음 이후 남겨진 두 사람의 가족들은 어쩔 수 없는 후회와 슬픔을 느꼈다. 가족이 느끼는 슬픔과 아픔은 내가 어찌할 수 없는 일이지만 나의 죽음은 내가 원하는 대로 선택할 수 있지 않을까?

『동생이 안락사를 택했습니다』의 작가는 시간이 지날수록 동생이 알코올 중독으로 힘들어하던 모습을 더 이상 추억하지 않고, 행복하고 평범하게 살았던 옛 시절이 더 많이 생각난다고 한다. 『Crying in H Mart(H마트에서 울다)』의 작가도 한국 음식을 만들면서 고통스럽게 돌아가신 어머니의 모습보다 어릴 적 건강하고 젊었던 엄마의 모습을 기억하게 되었다고 한다. 나는 그날 만난 더치 승무원이 안락사 이후, 아버지의 죽음을 어떻게 받아들였는지 궁금했다. 마지막 모습이 생각나서 힘들지 않았냐는 말에 그녀는 이렇게 답했다.

"나는 어릴 때 가족들과 아프리카 케냐에 살았어. 그때 아버지와의 추억이 아직도 뚜렷해. 그때 우리 아버지가 아프리카에서 나한테 보여준 세상이 너무나 아름다웠거든. 안락사를 선택하고 난 후, 아버지의 죽음을 준비하면서 슬퍼했던 시간보다 케냐에서 함께 지내던 그 시절의 건강했던 아버지만 기억나. 정말 행복한 시절이었어. 지금도 생각하면 우리 아버지는 눈물이 날 정도로 아름다운 시간을 나에게 선물로 준 고마운 사람이야."

4. 남이 하면 불륜 내가 하면 로맨스? | 아픔이 길이 되려면

#동성애   #소수자권익   #차별금지   #인종 차별

　암스테르담에서의 마지막 날, 호텔 근처 카페에서 커피를 마시는데 옆에 앉은 여자 둘이 키스하며 다정하게 서로 바라보고 있었다. 호텔로 돌아오는 길에서도 두 남자가 손을 꼭 잡고 서로를 다정하게 쳐다보면서 걸어가는 것을 보았다. 사실 이곳 암스테르담에서는 흔하게 보는 아주 평범한 커플들이다. 네덜란드에서는 동성 파트너와 함께 사는 사람들이 많고 그들에 대한 편견은 찾아보기 힘들다. 매년 주최되는 암스테르담 게이 프라이드(Gay Pride)는 암스테르담 운하의 특성을 잘 살린 행사로 수십 개의 보트가 암스테르담 운하를 지나가는데 성 소수자를 대변하거나 지지하는 다양한 단체들의 화려한 보트들을 볼 수 있다. 그동안 암스테르담 도시 전체는 핑크와 무지개색으로 물들며 성 소수자에게 열린 마음으로 대하는 네덜란드 문화를 경험할 수 있다.

네덜란드는 동성 관계에 관해 매우 진보적인 나라 중 하나이다. 네덜란드는 동성 결혼 합법화 이전부터 '동반자 관계 등록제(Registered partnership)'라는 것을 이미 시행하고 있었는데 동반자 관계 등록제는 동성과 이성 모두 적용된다. 네덜란드에서는 동성 결혼의 경우, 이성 결혼과 똑같이 조세나 연금, 주택 제도 면에서 혼인 당사자에게 똑같이 혜택을 준다.

KLM에도 동성 파트너와 오랜 기간 함께 살고 있는 승무원들이 많다. 한 여성 더치 승무원은 암스테르담에 살다가 여자친구를 만나 암스테르담을 떠나 시골로 이사하여 지금은 멀리서 출퇴근하고 있다. 왜 시골로 갔냐고 물었더니 여자친구가 농부라서 그랬단다. 운명처럼 사랑에 빠진 후, 도시 생활을 과감히 정리하고 여자친구가 살고 있는 농장으로 이사한 지 이제 3년째란다. 어느 더치 남자 사무장은 스페인 팜플로나에서 남자친구와 함께 고양이 대가족을 기르며 살고 있다. 그래서 스페인에서 네덜란드까지 비행기를 타고 출퇴근하고 있다. 이렇게 KLM에서 만난 동성 파트너와 사는 승무원들은 파트너와 함께 행복한 삶을 꾸려나가고 있었다. 모두 파트너와 함께 신뢰와 사랑을 키워나갔고, 파트너 덕분에 그들의 삶이 안정되고 행복해졌다고 말한다. 그들의 편안한 태도와 표정을 보면 성별에 상관없이 사랑이 주는 안정감은 관계에서 참 중요하다는 것을 느낀다.

『아픔이 길이 되려면』에는 동성 결혼에 대한 차별과 혐오는 사람을 병들게 한다고 말한다. 미국의 경우, 동성 결혼을 인정하지 않는 지역은 다른 지역에 비하여 불안 장애, 정동 장애와 같은 심리적인 병이 발생할 가능성이 높다고 한다. 성 소수자의 자살 시도 또한 높은 수치를 기록했다. 이 책에서는 차별이 한 개인의 삶과 자존감에 어떠한 영향을 주는지, 그리고 진정한 인간의 가치는 무엇인지에 대해 질문을 던진다. 인간의 가치는 개인의 성적 취향에 따라 결정되는 것이 아니라 상대를 진실하게 사랑하고 더 나은 사람이 되고자 노력하느냐에 달려있다.

이렇듯 네덜란드 사회는 성 소수자에 대한 핍박과 차별에 대해 민감하게 인지하고 가장 진보적인 자세를 취한다. 이렇게 차별에 관해 민감한 네덜란드이지만 인종 차별로 항상 화제 되는 것이 하나 있다. 바로 '즈바르트 피트(Zwarte Piet)'이다.

네덜란드에서는 크리스마스 시즌이 시작되면 성 니콜라스가 조그만 보트를 타고 아이들에게 선물을 주러 네덜란드로 온다. 네덜란드에서 '성 니콜라스'는 '신터클라스(Sinterklass)'라고 부르는데 12월 5일이 되면 신터클라스는 '즈바르트 피트(Zwart Piet)'라는 하인과 백마를 타고 스페인에서 출발한다. 더치 아이들은 소원을 적은 편지와 말에게 줄 홍당무를 신발에 넣어 놓는다. 그러면 즈바르트 피트가 굴뚝을 타고 홍당무와 편지를 가져가고 아이들이 원하는 선물을 놓아둔다.

그런데 실제로 즈바르트 피트를 보면 까만 피부와 새빨간 입술을 한 모습이 딱 아프리카와 같은 나라에서 온 흑인이 떠오를 것이다. 그 당시 네덜란드의 식민지 역사에 대해서 자세히 모르는 나였는데도 그 분장을 보고 순간 얼어붙었다. 예전에 어느 한 외국인 방송인이 우리나라 고등학생들의 흑인 분장에 대해 한 말로 사회적 지탄받았던 일도 있기에 더 민감하게 다가왔다.

네덜란드에는 예전에 서인도회사라는 무역 회사가 있었는데, 이 회사의 주요 사업은 이들이 아프리카 사람들을 납치해 남아메리카에 있는 농장에 파는 일이었다. 네덜란드에 이

런 역사가 있기에 즈바르트 피트를 보면 자연스럽게 외국인
인 나도 노예가 머릿속에 떠오른다. 하지만 네덜란드 사람들
은 피트가 얼굴이 까만 건 굴뚝을 오가다가 묻은 검은 재 때
문이라며 인종 차별적인 의도가 절대 없다고 말한다. 유럽에
서 인권에 대해 가장 진보적인 나라이지만, 이 검은 피터만
큼은 자신들의 전통이므로 인종 차별이 아니라고 강경하게
반응하는 것이다. 인종 차별이라는 거센 비난에도 네덜란드
에서는 매년 12월이면 아랑곳하지 않고 전국의 어린이부터
어른 할 것 없이 모두 검은 피터로 분장하고 크리스마스를
보내고 있다. 이게 바로 남이 하면 불륜 내가 하면 로맨스가
아닌가?

하지만 요즘은 네덜란드 사람들의 생각이 조금씩 변하고
있다고 한다. 2023년 네덜란드 국왕은 네덜란드가 수리남의
노예 사업과 직접적으로 관련된 사실을 인정하고 첫 공식 사
과를 했다. 또한 크리스마스가 다가올 때 KLM 승무원들과
이야기해 보면 즈바르트 피트에 대한 그들의 생각이 조금씩
바뀌고 있다는 걸 알 수 있었다. 내가 만난 한 더치 승무원은
즈바르트 피트에 대해 이렇게 말했다.

"사실 우리 아이들은 즈바르트 피트를 너무너무 좋아해. 네덜란드의 전통이고 더치 사람들은 즈바르트 피트에 대한 애정이 깊지. 그런데 요즘에는 그 모습에 대해서 불편해하고 있는 사람이 많아지고 있어. 이제 즈바르트 피트를 불편해하는 사람들을 더 이상 무시해서는 안 된다고 생각해. 누군가 즈바르트 피트 때문에 상처 입는다면 우리의 생각이 과연 옳은 것인지 다시 생각해 볼 필요가 있어."

5. '자유'를 남용하는 사람들 | 암스테르담

#자유   #홍등가   #마리화나   #도덕

　소설『암스테르담』에는 사회적으로 성공한 두 영국인 남성이 나온다. 과거 두 사람은 우정의 표시로 각자 명예로운 죽음을 위하여 서로의 안락사를 돕기로 약속했다. 하지만 각자가 저지른 부도덕한 행동으로 두 사람의 명성에 금이 가게 되고 두 사람은 사회적으로 비난받게 된다. 이에 대해 두 사람은 서로에게 책임을 떠넘기지만, 나중에는 암스테르담에서 만나 화해하기로 한다. 그러나 그들은 속으로 여전히 서로를 증오하고 있었고 암스테르담은 그 복수를 위한 미끼였다. 결국 우정의 표시로 약속한 불법 안락사를 서로에게 이용한 두 사람은 암스테르담에서 안락사된다. 자유의 도시 암스테르담은 이 두 사람의 위선과 부도덕성을 감추는 도구가 된 셈이다.

화창한 오후, 트램을 타고 암스테르담 센트럴(Amsterdam Centraal) 역에서 내려 암스테르담 시내를 향해 걸어갔다. 운하를 따라 지어진 아름다운 17세기 네덜란드 가옥을 보며 감탄사가 나오려 하는데, 어떤 냄새 때문에 코가 마비되는 줄 알았다. 지나가던 청년들에게서 나는 냄새였는데 알고 보니 그 냄새는 마리화나였다. 잠시 숨을 참은 후 빠른 걸음으로 겨우 빠져나왔지만, 여전히 코에는 얼얼한 감각이 남아 있었다. 암스테르담에서는 합법적으로 마리화나를 구할 수 있어서 길거리에서 마리화나 냄새를 맡는 일이 흔하다. 그래서 나는 암스테르담 중심가를 떠올리면 코를 찌르는 마리화나 냄새가 가장 먼저 떠오른다. 이렇게 암스테르담의 첫인상은 좋지 않게 끝났다. 마약에 대한 자유 때문에 나는 싫든 좋든 지독한 마리화나 냄새를 맡아야 하는데 신선한 공기를 맡고 싶은 나의 자유는 누가 보장해 줄 건지 모르겠다. 그래서 인간에게 자애로운 이 암스테르담에 정이 들기까지 꽤 오랜 시간이 걸렸다.

암스테르담이 이렇게 극단적인 자유를 허용하게 된 이유를 알아보려면 암스테르담의 역사를 살펴봐야 한다. 네덜란드 동인도회사의 활약으로 암스테르담에는 전 세계의 진귀한 물품들이 흘러들어왔고 이 물품들은 암스테르담을 통해 유럽으로 흘러나갔다. 그래서 암스테르담은 일찍부터 이국적인 문화나 사람들에게 개방적인 자세를 취해왔다. 암스테르담에서는 활발한 무역 활동으로 벌어들인 현금이 자연스럽게 유통되었고 그로 인해 초기 자본주의가 싹트게 된다. 암스테르담에 세계 최초 증권거래소가 생기면서 홍등가는 이 증권거래소 주변에 생기기 시작했다. 증권거래소 주변에 홍등가가 생긴 이유는 돈 많은 부자들이 주식거래를 하러 다녔는데 그 부자들을 유혹하기 위해서였다. 이처럼 암스테르담에서 유명한 홍등가는 초기 자본주의 역사와 밀접한 관계가 있다. 일찍부터 싹튼 자본주의와 이국적인 문화에 대한 개방성을 가진 암스테르담은 오래전부터 인간의 자유를 최우선으로 여겼고, 이로 인해 다른 유럽 나라에서 쫓겨난 지식인들과 유대인들이 자유를 찾아 암스테르담에 오게 된다.

네덜란드에서는 불법 마약 거래의 피해를 막기 위해 소량의 마리화나를 허용한다. 암스테르담에서는 정해진 장소에서 5그램 정도의 마리화나만 구매해 피울 수 있고 남은 것을 집으로 가져가면 처벌받는다. 그리고 암스테르담 홍등가에서 일하는 성매매 종사자들의 경우, 성매매를 일반적인 직업으로 인정하여 양지에서 관리할 수 있도록 하였다. 애초에 막을 수 없다면 가능한 피해를 줄이자는 더치식 실용주의에 기반한 정책이다. 마약중독자의 경우, 우리나라에서는 범죄자로 처벌되지만, 네덜란드에서는 환자로 분류되어 재활 치료를 우선으로 한다. 마약을 구하기 위해 저지르는 범죄를 방지하기 위해서 마약을 무료로 보급해 주는 곳도 있다.

일찍이 다양한 문화와 활발한 무역이 오갔던 개방적인 네덜란드는 개인의 자유와 선택을 중시한다. 자유와 선택을 존중하는 선에서 도덕과 양심을 추구하는 칼뱅주의의 영향으로 네덜란드 사람들은 다양하고 복잡한 문제에 대하여 여러 가지 합리적이고 실용적인 정책을 생각해 낼 수 있었다. 하지만 외국인인 내가 볼 때는 어떻게 마약이나 매춘과 같은 민감한 문제를 개인의 자유와 선택에 맡길 수 있는지 의구심이 든다. 사람들이 자신의 양심과 도덕을 지키고 스스로 자제할 수 있는지도 의문이다.

첫 트레이닝 비행에서 함께 일한 더치 승무원들과 저녁 식사를 하던 중이었다. 그때 더치 부사무장이 자녀가 마약에 중독되어 끊을 수 없는 상황이라며 어찌해야 할지 모르겠다며 고민을 털어놓기 시작했다. 자녀에 대한 걱정으로 심란한 그녀의 얼굴을 보며 네덜란드도 마약 남용으로 인한 문제에서 자유로울 수 없다는 것을 알게 되었다. 네덜란드에서 극단적인 자유의 전제 조건은 개인의 신중한 선택과 책임에 있다. 하지만 잘못된 선택을 하는 사람은 반드시 있다. 현명하지 못한 선택은 자기 건강에 대한 위협은 물론이고 가족들에게도 정신적 고통과 피해를 줄 수 있다. 피해가 자신에게만 가면 상관없다만 아무 관련 없는 가족들은 왜 고통받아야 하는지 모르겠다.

네덜란드에서는 와인 한잔 정도 하더라도 음주 운전으로 보지 않는다. 기차에서 큰 소리로 떠들고 통화해도 아무도 눈치를 주거나 주의를 주지 않는다. 현장 학습으로 외출한 학생들이 공공장소에서 시끄럽게 뛰어다니며 장난쳐도 교사들은 딱히 제지하지 않는다. 네덜란드에서는 애완견 등록제가 있어서 등록 후 애완견에 대한 세금을 내고 정부에서 관리하기 때문에 예전에는 유기견을 찾아보기 힘들었다고 한다. 하지만 팬데믹 시절 외출금지령이 내려졌을 때, 정부에서는 예외로 애완견을 데리고 나가는 산책만을 허용했다. 그러자 사람들은 불법으로 개를 입양한 뒤, 외출금지령이 해제되자 개를 버렸고, 처음으로 네덜란드에 유기견이 생겼다고 한다. 자신들이 밖에 나갈 자유를 얻기 위해 동물을 이용하고 버리는 상황이 생긴 것이다. 나는 이런 네덜란드의 자유가 왠지 모르게 불편하다. 모두가 원하는 대로 다 할 수 있다는 것은 오히려 위험하지 않을까? 네덜란드에 사는 사람들은 자유와 자유의 남용, 그 둘 사이에서 아슬아슬하게 줄타기하는 듯하다. 네덜란드가 인간의 자유라는 가치를 지키기 위해 시행한 정책에 문제가 있다고 생각하지 않는다. 하지만 이제 사회가 변화함에 따라 다양하고 판단하기 애매한 문제들이 늘어나고 있다. 그래서 인간의 의지와 선택에 맡기고 개인의 자유를 보호하는 것이 모든 문제의 해결책은 아니라는 생각이 든다.

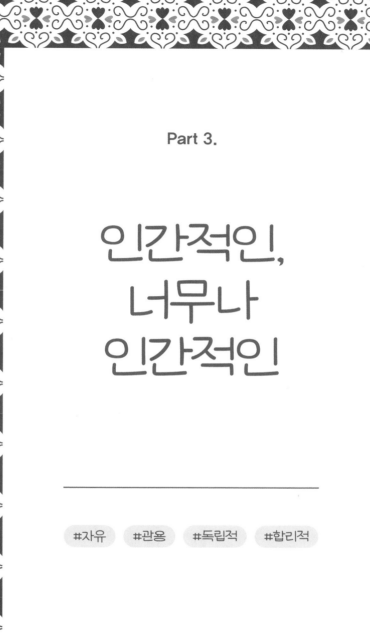

Part 3.

인간적인,
너무나
인간적인

#자유 #관용 #독립적 #합리적

네덜란드는 인간의 얼굴을 하고 있다. 인간에게 자애로운 네덜란드는 관용적인 자세로 인간의 가치를 추구한다. 자유와 관용의 날개 아래 네덜란드 사람들은 독립적이며 합리적인 방식으로 살아간다.

1. 각자의 방식으로 자전거를 탈 자유 | Racing in the rain

#자전거문화   #자유   #박피츠   #서툴러도 괜찮아

기내 안전 훈련을 마치고 마지막 시험을 준비하러 근처 카페에 갔다 돌아오던 길이었다. 자전거를 타고 암스테르담 숲을 가로지르는데 어디선가 콘서트라도 열리는지 멀리서 음악이 들렸다. 갑자기 내 주위로 자전거를 탄 사람들이 크고 작은 부대를 이루어 자전거길에 나타나기 시작했다. 나도 그들이 향하는 길을 지나야 해서 얼떨결에 그들과 합류하였다. '도대체 어디서 이렇게 많은 사람이 자전거를 타고 오는 걸까?'라며 신기해하던 그때, 야외공연장 앞 주차장이 보였다. 자전거 부대들은 그곳으로 천천히 몰려가더니 하나둘 자신들이 타고 온 자전거를 질서 정연하게 세워두기 시작했다. 근처에 경찰들과 관리 요원이 있었는데 이들은 지켜보기만 할 뿐, 자전거 주인들은 그 누구의 도움도 없이 자기 자전거를 척척 깔끔하게 세워뒀다. 주차장은 어느새 엄청난 수의 자전거로 빽빽이 채워졌는데 처음 본 나로선 충격적이었다. 한편으로는 '나중에 돌아갈 때 저 수많은 자전거 중 자기 자전거가 어디 있는지 알까?'라며 걱정되었다. '자전거에 자동차 스마트키와 같은 기능이 있으면 좋겠다.'라는 생각과 함께 말이다.

네덜란드에 오기 전 나는 한국에서 자전거를 타본 적이 없었다. 그런데 암스테르담에서 한동안 지내보니 노인부터 어린아이들까지 나이에 상관없이 자전거 타는 모습을 심심치 않게 보았다. 그 모습을 보며 자연스럽게 '나도 자전거를 배우지 않으면 안 되겠다.'라는 생각이 들었다. 처음 호텔에서 자전거를 빌려왔는데 네덜란드 사람들이 다리가 길어서인지 자전거가 나에게 너무 컸다. 무사히 엉덩이를 안장에 걸치긴 했는데 다리가 땅에 닿지 않았다. 고소공포증이 있는 나는 발이 땅에 닿지 않아서 무서웠는데 마치 공중에서 발 구르기 하는 느낌이었다.

교육이 끝나면 자전거를 타고 암스테르담 숲으로 갔다. 페달을 힘차게 밟으며 맑은 공기를 마시고 일부러 지도를 보지 않고 이리저리 숲을 헤매기도 했는데, 이상하게도 자유로웠다. 아무 생각 없이 자전거를 타고 가면 평소 나의 머릿속을 떠나지 않던 걱정과 불안이 불쑥 떠올랐다. 그럴 때마다 나는 페달 위 내 다리를 의식하며 더욱 힘주어 페달을 밟아보았다. 내 마음이 가는 대로 자유롭게 암스테르담 숲을 누비며 자전거 페달에만 집중하다 보면 어느샌가 걱정과 불안을 잊고 숲의 새소리, 바람을 느끼고 있었다. 신기하게도 자전거를 타면 나를 짓누르고 있던 긴장이나 스트레스로부터 해방되는 느낌이 들었다.

숲에서 처음 보는 길을 가다가 길을 잃은 적도 있었고, 목적지 없이 이리저리 헤매기도 했는데도 오히려 자유로웠던 이유는 무엇이었을까. 그저 내 눈이 향하는 대로 길을 따라갔고 그 길을 내가 선택해서일 것이다. 『레이싱 인 더 레인 (Racing in the rain)』에서는 카레이서가 충돌과 전복을 피하려고 쓰는 기술과 지혜에 대한 말이 있다. 바로 나의 눈이 향하는 방향으로 차는 자연스럽게 움직이니까 어디로 가야 할지 두려워하지 말고 가야 할 곳을 바라보라는 것이다. 위기와 시련을 맞닥뜨렸을 때 저항하고 멈추기보다 우리의 눈이 향하는 대로 나아가면 된다. 인생이라는 레이스에 펼쳐진 길, 그 길을 볼 수 있는 사람은 나 자신뿐이며, 비나 눈이 올지라도 내 앞에 보이는 길을 보며 핸들을 돌리면 된다.

자전거 위에서 누구보다 자유로운 더치 사람들에게 자전거만 손에 쥐여준다면 그들은 무엇이든 할 수 있다. 날씨가 추울 때는 두 손을 호주머니에 집어넣고 자전거를 타고 가는 것도 심심치 않게 보인다. 어떤 사람은 커다란 여행용 캐리어

를 등에 지고 가기도 한다. 서커스 데뷔를 앞두고 있나 싶을 정도인데 혹시 사고라도 나는 게 아닌지 보는 사람 심장을 두 근거리게 만든다. 네덜란드 사람들은 큰 화분이나 작은 가구 정도는 자전거로 가져갈 수 있다면 그냥 들고 간다고 한다. 한 손은 주머니에 넣고 다른 손으로 핸드폰을 보며 가는 사람들도 있다. 이것도 좀 위험해 보이는데 다행히 네덜란드 교통국에서 자전거를 타는 도중에 핸드폰 사용에 대해 위험 여부를 조사 중이고 범칙금 부과를 고려하고 있단다.

네덜란드에서 흔히 볼 수 있는 특이한 자전거가 있는데 바로 박피츠(Bakfiets)이다. 박피츠는 자전거에 유모차 수레를 붙인 자전거로 안에는 보통 어린이들이 타고 있는데 가끔 웃기게도 어른이 타고 있을 때도 있다. 박 피츠에 있는 유모차 안에서 새끼 캥거루처럼 머리를 빼꼼 내밀며 거리를 구경하거나 가만히 멍때리는 아기들을 보면 참 사랑스럽다. 네덜란드 아이들은 걸음마를 떼고 제대로 걷기 시작하면 가장 먼저 자전거 타는 법을 배운다고 한다. 길에서 자기 몸집보다 큰 자전거를 타고 있는 어린아이들을 봤다고 말하면 더치 사람들은 보통 자녀의 첫 자전거 혹은 자신이 어릴 적 탔던 첫 자전거에 관해 자연스럽게 이야기해준다. 인생 첫 자전거 타기는 우리나라의 돌잔치처럼 네덜란드 어린이들만이 경험하는 특별하고 독특한 문화이다.

네덜란드에서는 나보다 한참 키가 작은 사람도 자기 몸집보다 큰 자전거에 쉽게 올라탄다. 마트에서 장을 보고 나오는데 아담한 체구의 한 여성이 한 발을 들어 올려 자기 몸보다 큰 자전거 위에 가볍게 올라타는 것을 보았다. 나비처럼 자전거에 사뿐히 올라가는 모습이 마치 발레리나인 줄 알았다. 그 모습을 본 후, 나는 키에 따라 자전거를 골라 타야 한다는 편견을 버리기로 마음먹었다. 그 여성처럼 우아하진 않아도 나답게 자전거에 올라타는 방법을 생각하게 되었다. 내려올 때 혹시 자전거가 넘어져서 크게 다치지 않을까 아직도 멈출 때 비틀거리긴 하지만 말이다. 하지만 서툴러도 괜찮다. 우리 모두 다 각자의 방식으로 자전거를 탈 자유가 있으니까.

2. 합리적인 음식 문화 | 마션

#감자   #스트롭와플   #드롭   #헤링

  운이 없게도 화성에 남겨진 한 과학자가 있었다. 소설 『마
션』에서 그는 살아남기 위해서라면 주변에 보이는 무엇이든
최대한 이용한다. 예측하지 못한 문제가 연이어 일어나지만,
과학자의 시선으로 문제를 바라보고 해결책을 생각한다. 그
과정에서 많은 실수와 착오가 발생하고 죽을 고비도 여러 번
넘기지만 실패는 과학자뿐만 아니라 모든 인간에게 새로운
것을 배우는 절호의 기회가 된다. 특히 그는 베이스 기지 어
딘가에서 공기가 새는 작은 틈을 발견했는데 자기 손바닥으
로 어떻게든 막아보려 한다. 댐에 물이 새는 것을 발견하자
구멍을 주먹으로 막아 마을 사람들을 구한 '리틀 더치 보이
(Little Dutch Boy)'처럼 말이다. 아, 그런데 이건 전혀 과학
자답지 않은 것 같다.
  김치하면 한국 문화가 생각나듯이 더치 문화라면 감자가
머릿속에 떠오른다. 개인적인 생각으로 척박한 환경에도 꿋

곳이 잘 자라는 감자라 효율성을 추구하는 더치 문화와 잘 맞는 것 같다. 소설 『마션』에서도 감자에 관한 이야기가 나온다. 주인공이 화성으로 올 때 지구에서 여러 식물 씨앗을 들고 왔는데 많은 식물을 제치고 선택한 것이 바로 감자였다. 감자는 화성의 척박한 땅에서도 잘 자라는 데다가, 열량이 높아 효율적인 작물이었기 때문이다. 해수면보다 낮아서 소금기가 있는 척박한 네덜란드 땅에서도 감자는 자라기 쉬웠다고 한다. 그래서 오랜 세월 동안 감자는 네덜란드 사람들의 배를 든든히 채워주는 고마운 음식이었다. 참고로 네덜란드 감자튀김은 일반 마요네즈가 아닌 '프리츠사우스(Fritesaus)'라고 하는 특별한 더치 마요네즈와 함께 먹는다.

네덜란드의 음식 문화는 간단하고 소박하다. 그 이유는 네덜란드 문화에 퍼져 있는 칼뱅주의의 영향 때문이다. 지나치게 배불리 먹는 것은 죄악이라는 생각이 있어서 저녁 한 끼 정도만 따뜻하게 먹는데 푸짐하게 먹는 편은 아니라고 한다. 네덜란드 사람들은 대개 아침을 간단하게 먹는 편인데 아침 식사로는 식빵에 '하헐슬라흐(Hageslag)'라고 하는 자잘한 초콜릿 가루를 뿌려 먹는다. 따뜻한 아침이 먹고 싶으면 식

빵 사이에 치즈를 넣고 와플팬에 구워 먹는 '토스티(Tosti)'가
있다. 네덜란드의 마트에는 반조리 음식이라든가 다듬어 놓
은 채소가 많은데 이들은 이것으로 바로 간단하게 조리하는
것을 선호한다. 그래서 더치 동료들에게 한국에는 가정마다
김치냉장고가 한 대씩 있다는 것을 말하거나, 김치는 채소를
오래 보관하며 두고두고 먹으려고 만들었다는 점에 관해 설
명하면 신기하게 생각한다.

점심시간도 매우 짧은 편이다. 신입 교육 시절 점심시간이
20분에서 30분 정도였는데 정해진 시간 내 햇반이나 라면이
라도 먹으려면 은근히 시간이 빠듯했다. 또 더치 교관들이
교육 중간에 집에서 가져온 과일이나 빵을 틈틈이 먹는 모
습을 많이 보았는데 네덜란드에서는 근무 시간에 간단한 음
식 정도는 먹는 게 흔하다고 한다. 한국 회사에서 도시락이
나 간식을 먹으면서 일한다는 건 상상도 못 할 일인데 여기
에서는 자유롭게 먹고 싶을 때 먹는 것 같다. 점심 식사 시간
이 짧은 대신 집중적으로 일하고 일찍 퇴근하는 것을 선호한
다고 한다. 그러고 보니 KLM의 신입 교육도 아침 일찍 시작
해서 오후 3시 30분이면 끝났다.

가끔 더치 승무원에게 네덜란드의 전통 음식을 경험하고
싶다고 부탁하면 애매한 답이 돌아온다. 전통 음식 대신 인
도네시아 식당이나 수리남 스타일 혹은 중국 음식점을 추천
받은 적이 많다. 사실 네덜란드 사람들은 과거 식민지 음식
문화도 거리낌 없이 받아들여서 오히려 아시안 음식을 좋아
하는 사람이 많다고 한다. 신기하게도 네덜란드 전통 음식을
물어보다가 거꾸로 나보다 아시아 음식을 잘 아는 사람들을
많이 만나게 되었다. 특히 직접 가꾼 텃밭에서 배추를 재배
해서 김치를 담그고 김치볶음밥을 만든다는 사무장이 기억
에 남는다. 김장을 주기적으로 한다길래 집에서 김장했을 때
찍어둔 동영상을 보여주었고, 다음 김장 때 갓 만든 김치는
꼭 돼지 수육과 함께 먹으라고 알려주었다.

네덜란드를 대표하는 음식은 딱히 없지만 대표적인 간식은
있다. '스트룹 와플(Stroopwafel)'은 얇은 과자 사이 캐러멜시
럽이 들어있는 과자이다. 처음 네덜란드에 왔을 때 트레이너
들이 입사 축하 선물로 사줬던 건데 다 같이 나눠 먹은 기억
이 있다. 우리나라에서는 먹을 걸 나누면서 친해지는 것처럼
네덜란드에서는 스트룹 와플 한 봉지라면 부담 없이 함께 나

눠 먹으며 친해질 수 있을 것이다. 네덜란드 사람들이 사랑하는 또 다른 간식으로 '드롭(Drop)'이 있는데 감초로 만든 사탕을 말한다. 향이 엄청 강한 편이라 외국인들에게 호불호가 강하지만 네덜란드 사람들은 정말 좋아한다. 비행기에서 일할 때 더치 승무원들에게 종종 얻어먹는다.

네덜란드에서는 크리스마스 시즌부터 새해가 오기까지 먹는 간식이 있다. '올리볼런(Oliebollen)'은 반죽 밀가루를 동그랗게 만들고 기름에 튀겨서 슈거 파우더를 뿌린 네덜란드 도넛으로 새해가 되면 네덜란드 사람들이 먹는 음식이다. 새해가 되면 KLM 크루 센터에도 올리볼런이 준비되어 있는데 지나가는 승무원들이 하나씩 집어먹는 걸 볼 수 있다. 평소에 먹는 튀긴 음식으로는 '비터발런(Bitterballen)'이 있는데 으깬 감자, 야채, 고기 등을 넣어서 튀긴 크로켓이다. 그러고 보니 네덜란드에는 이것저것 튀긴 음식이 많다. 튀긴 생선도 자주 먹는데 보통 감자튀김과 함께 먹는다.

네덜란드는 바다와 가까워서 생선도 많이 먹는다. 만약 날생선이 괜찮다면 네덜란드의 '헤링(Herring)'을 도전해 보는

것도 좋은 것 같다. '헤링'은 절인 청어인데 이 위에 레몬에나 양파채를 올려서 그냥 먹거나 빵에 끼워서 먹는다. 바닷가 근처에 살아서 날생선을 많이 접하는 나지만 처음에 헤링을 보고 저걸 초장도 없이 어떻게 먹나 했는데, 피클과 양파를 곁들이니 비린내가 전혀 나지 않고 맛있었다. 헤링 가게는 네덜란드에서는 쉽게 볼 수 있고 길거리에서 간단하고 저렴하게 사 먹을 수 있는 음식이다.

어떤 나라의 문화를 제대로 알려면 그 나라의 음식 문화를 먼저 살펴봐야 한다. 그런데 맛있다고 보기 어려운 네덜란드의 음식을 제대로 이해하려면 먼저 네덜란드 날씨와 환경을 고려해 봐야 할 것이다. 네덜란드는 옛날부터 춥고 바람이 잦은 데다가 자주 범람하는 땅이었다. 따라서 온난한 기후의 나라들보다 음식 재료를 구하기 힘들었고, 이 때문에 상대적으로 다양한 음식 문화가 발달하지 못한 것 같다. 그래서 불리한 환경에서 오래 버티기 위해 고열량의 재료를 효율적으로 조리해서 먹는 문화가 자리 잡았던 게 아닌가 싶다.

궂은 날씨와 척박한 환경이 네덜란드에 영향을 끼친 건 음식만은 아니다. 인천으로 돌아가는 날 바깥을 보니 비바람이 시작되고 있었다. 밖으로 나갈 엄두가 들지 않을 정도로 비바람이 거세졌기에 오늘 비행기가 뜰 수 있을까 걱정하며 창밖을 걱정스럽게 바라보았다. 그런데 창밖으로 자전거를 타고 비를 뚫고 전진하는 네덜란드 사람들이 하나둘 보이기 시작했다. 도대체 무슨 중요한 일이 있길래 이 비바람을 뚫는 건지, 대체 어디로 가는 건지 모를 일이었다. 가끔 그들에게서 느껴지는 초연하고 달관한 자세는 비바람을 맞서면서 생긴 삶의 자세가 아닐까 하는 생각이 들었다. 더치 사람들은 살면서 네덜란드의 하늘이 언제나 화창하지 않다는 사실을 깨달은 게 아닐까. 화창하던 하늘이 갑자기 굿어지며 거센 비가 내리고 몸을 가누지 못할 만큼 세찬 바람이 불어도 그들은 이 또한 언젠가는 멎게 될 거라는 사실을 잘 알고 있다. 그래서 화창한 날씨든 궂은 날씨든 개의치 않고 자신의 길을 가는 사람들이 바로 네덜란드 사람들인 것 같다.

3. 더치페이하지 않는 더치 │ 내가 틀릴 수 있습니다.

#더치트리트   #가성비   #시간관리   #50세 생일

'더치페이'는 사실 '더치 트리트(Dutch treat)'에서 유래된 말로 우리말로 풀이하면 '한턱내기' 혹은 '대접'을 뜻한다. 원래는 다른 사람에게 한턱내거나 대접하는 네덜란드식 관습을 표현하는 말이었다. 그런데 네덜란드의 동인도회사 설립 후, 네덜란드와 무역에서 활발히 경쟁하던 영국이 '자신이 먹는 것만 계산하는 쩨쩨한 민족이다.'라고 깎아내리기 위해 부정적인 의미에서 '더치페이'를 사용하기 시작했다. 한국에서 더치페이는 무엇을 함께 하든 'N분의 1'로 나눠 계산한다는 의미로 굳어졌는데 더치페이라면 '정 없다'라고 느끼는 사람도 꽤 있다. 그런데 어느 날 나는 어느 계기를 통해 더치페이의 의미에 관해 다시 생각해 본 적이 있다.

신입 교육을 마치고 세 번째 비행 때, 나는 훤칠한 키의 더치 승무원과 함께 일하게 되었다. 그 비행을 인연으로 그녀와 네덜란드에서 다시 만났고 자기 엄마 집에서 저녁 식사를 할 건데 같이 가자고 하길래 얼떨결에 그녀의 가족과 함께 식사도 했다. 인도네시아풍으로 꾸며진 집안 내부와 돌아가신 그녀의 아버지 유골함이 집안에 모셔져 있었던 게 기억에 남는다. 이렇게 인연이 되어 휴가를 맞아 나는 그녀가 사는 '하르더베이크(Harderwijk)'에 한 번 더 방문하게 되었다. 오랜만에 만난 그녀와 그녀의 딸과 함께 근처에 '레커벡(Lekkerbeck)'이라는 생선튀김도 먹고, 호수로 보트를 빌려 멋진 호수도 볼 수 있었다. 사실 점심 식사라도 내가 대접하고 싶었는데 그녀는 한사코 사양했다. 지금 생각해 보니 그게 바로 '더치 트리트'였던 것 같다.

『내가 틀릴 수 있습니다』의 저자 '나티코'는 불교에 귀의해 태국 밀림의 한 사원에 귀의했다. 태국 승려의 삶은 각자 책임져야 하는 '더치페이' 방식이 아니라 불교 신도들이 베푸는 '더치 트리트' 방식에 의지한다. 그런데 그가 영국에서 승려로 수행하던 시절에 있었던 일이 인상 깊다. 불교 문화가 깊숙이 자리한 태국과 불교 문화를 전혀 알지 못하는 영국, 두 나라에서의 승려의 삶은 전혀 달랐다. 태국에서는 탁발을 나가면 항상 따뜻한 대접, 거의 숭배에 가까운 환대를 받지만, 영국에서는 그렇지 않다. 하루는 영국 사람들에게 음식은커녕 따가운 눈총과 거절만 당하고 아무것도 얻지 못한 채 걸어가는데 지나가던 영국 아저씨가 "뭐 할 짓이 없어서 빌어먹나?"라고 윽박지른다. 불교의 숭고한 삶의 방식인 '탁발'이 불교를 모르는 영국인의 눈에는 거지나 하는 짓으로 보이니 같은 행동이라도 문화의 차이에 따라 받아들이는 태도가 참 다르다.

그때 만난 더치 동료는 멀리서 온 나를 배려해서 '더치 트리트' 방식으로 대접한 건데, 나는 그녀가 더치니까 더치페이하지 않으면 예의가 아니라고 생각했다. 또 다른 이유가 있다면 갑자기 찾아가서 잠깐 인사만 하려 했는데 예상외로 대접받아 '신세 졌다'라고 느꼈기 때문이다. 그래서 곰곰이 생각해 보니 영국인들이 더치 사람들을 비난하려고 만든 '더치페이'가 사실은 더치 사람들에게 있어서 '남에게 신세를 지지 않는다'는 의미가 아닌가?'라는 생각이 들었다. 다시 말해서 남에게 신세 지지 않고 내가 먹은 것은 내가 책임지겠다는 의미이다. 이런 '더치페이 마인드'는 밥을 먹을 때만 유용한 게 아니라 인생의 중요한 결정을 할 때도 필요한 게 아닐까. 자기가 자기 몫을 계산해야 하는 상황이라면 신중하게 생각할 것이고 그 선택이 내가 낸 돈의 값어치를 충분히 하는지 생각하게 된다. 그래서 어떤 선택을 할 때 신중하게 생각하고 그 선택에 책임질 수 있게 된다.

더치 사람들은 유독 돈과 돈의 가치에 대해 따지는 편이다. 그래서 계산적이라며 더치 사람들을 비난한 영국인들의 생각이 어느 정도 일리는 있다. 하지만 더치 사람들의 계산법을 자세히 보면 자신만 이득을 보는 게 아니라 양쪽이 이득을 보는 데에 더 의미를 둔다. 그래서 그들은 회의나 거래할 때 상대방의 생각이나 의견을 자주 물어보는 편이다. 자신이 내린 결정이 상대방에게도 좋은 영향을 주거나 이득이되는 점이 있다면 서로에게 좋은 거래가 될 수 있다고 생각하기 때문이다. 자신이 이득을 본다면 나도 상대에게 그에 합당한 이득을 줄 수 있기에 합리적이라고 생각한다. 다른 말로 하자면 고객이 합당한 돈을 내면 나는 고객에게 필요한 물건이나 서비스를 제공해 준다. 그래서 자신과 고객은 서로에게 이익이 되는 대등한 관계가 된다. 고객에게 편안하고 때로는 친구처럼 대하는 그들의 태도가 바로 이런 사고에서 나온 게 아닌가 싶다.

더치 사람들은 돈은 물론이고 시간 낭비도 싫어하는데 시간 약속을 정말 중요하게 생각한다. 만약 지난 크리스마스에 어느 더치 사람의 집에서 즐겁게 시간을 보낸 후, 내가 '다음에는 우리 집에서 크리스마스 파티를 하자'라고 약속했다고 하자. 시간이 많이 지나서 비록 내가 그 약속을 잊어버릴지라도 그들은 잊지 않고 크리스마스 날 우리 집 문 앞에 홀연히 나타날 것이다. 우리나라에서는 오랜만에 친구가 생각나서 잠시 친구 집에 방문할 경우, 반갑게 맞이하지만, 네덜란드에서는 그렇지 않다. 그들은 그날 친구가 시간이 되는지 먼저 물어보고 약속을 잡아야 예의라고 생각한다. 이런 독특한 더치식 시간관념에 관해 인도네시아계 더치 동료의 불평을 들은 적이 있었다. 그녀의 남편은 전통적인 더치 가정에서 태어나 자란 더치 사람이었다. 그녀는 결혼 생활을 하면서 더치식 저녁 식사 예절 때문에 힘들었다고 말했는데 전통적인 더치 가정에서는 저녁 시간에 갑작스럽게 집에 방문하면 실례라고 생각하기 때문이었다. 전통적인 더치 가정에서는 인원수에 딱 맞춰 음식을 준비하기 때문에 갑자기 손님이 찾아오면 음식이 부족하다는 이유로 손님에게 아무것도 대접하지 않는다고 한다. 반대로 인도네시아에서는 저녁을 먹을 때 갑작스러운 손님이 온 경우 음식이 없더라도 새로 만들어 대접하는 게 당연하다. 이러한 문화 차이를 경험한 후, 그녀는 더 이상 인도네시아식으로 시댁 사람들을 대하지 않는다고 한다. 그녀의 이야기를 들으면서 한국도 아무리 먹을 게 없더라도 손님이 오면 뭐든지 내오는 게 예의인지라 그녀가 왜 전통 더치 방식에 불만인지 충분히 이해되었다.

하르더베이크에서 시간을 보낸 후에 집으로 돌아가던 중, 그녀는 3개월 후에 곧 자신의 50세 생일 파티가 있다며 나에게 혹시 올 수 있는지 물어봤다. 네덜란드에서는 50세가 되면 '인생의 전환점을 맞이한다'고 생각하는데, 우리나라의 '환갑'만큼 중요한 의미를 둔다고 한다. 네덜란드 말로는 남자의 경우 'Ik heb al Abraham gezien.(아브라함을 보았다.)'라고 하고 여자는 'Ik heb al Sarah gezien.(사라를 보았다.)'라고 한다. 각각 '50살이다.'라는 말인데 구약성서의 인물인 '아브라함'과 '사라'를 비유하여 표현하는 게 특이점이다. 성경 속 인물들의 이름으로 나이를 표현하는 것을 보면 네덜란드에는 칼뱅주의가 정말 깊게 뿌리내리고 있다는 게 실감 난다. 집으로 돌아가는 길, 네덜란드의 화창한 날씨에 창밖의 풍경은 아름다웠다. 인생의 전환점을 앞둔 그녀를 생각하며 새롭게 맞이하는 그녀의 50대가 이 맑고 화창한 날씨처럼 따스하고 아름답기를 마음속으로 빌었다.

4. 묻지도 따지지도 말고 다 같이 | 조선이 만난 아인슈타인

#에라스뮈스   #바세나르협약   #우장춘 박사   #관용

네덜란드 도시 '델프트'는 「진주 귀걸이를 한 소녀」로 유명한 '요하네스 페르메이르'의 고향이다. 살면서 한 번도 델프트를 벗어나 본 적이 없다는 이 화가는 델프트 시내의 전경을 비롯한 몇몇 작품을 남겼는데 남긴 작품 수가 너무 적어서 '델프트의 스핑크스'로도 불린다. 현재 그는 델프트의 가톨릭교회인 '구 교회(Oude Kerk)'에 잠들어 있다.

구 교회 아래에는 오래전 돌아가신 가톨릭 신도들이 묻혀 있는데 그들의 무덤을 나타내는 비석을 보며 이게 뭔가 싶어서 눈이 휘둥그레졌다. 비석이 땅바닥에 있는 게 아닌가! 한국에는 무덤을 밟고 지나간다는 걸 상상하기 힘든데 나중에 더치 동료에게 물어보니 사실 그들도 교회에 가면 최대한 묘비는 밟지 않는다고 한다. 신앙심이 깊었던 그들은 죽어서도 교회와 가까이 있고 싶었나 보다.

열심히 페르메이르가 묻혀있는 자리를 찾아 이 사람 저 사람 묘비를 들여다봤다. 다행히도 페르메이르의 묘비 옆에는 작은 화환이 놓여 있어서 그의 무덤을 어렵지 않게 찾을 수 있었다. 페르메이르는 어릴 적 사망한 그의 자녀들과 함께 이곳에 잠들어 있다. 조용한 교회 안 바닥의 수많은 묘비를 바라보며 예배를 드린다고 생각하니 죽은 자와 산 자가 함께 예배를 드리는 것 같아 으스스한 기분이 들었다. 네덜란드에서는 기독교인이든 가톨릭이든 어느 교회에 가든지 자연스럽게 죽음에 관해 생각하게 될 것 같다.

구 교회에서 나와 조금만 걸어가면 광장에 신 교회가 보인다. 시청사를 마주하고 있는 이곳은 네덜란드 오라녜 나사우(Orange-Nassau) 왕가의 무덤이 있는데 이들은 모두 칼뱅파 신도들이다. 오라녜 나사우 왕족 사람들은 죽으면 모두 델프트에 있는 신 교회에 묻힌다고 한다. 신 교회 내부 한가운데에는 무거운 석판이 놓여 있는데 이 석판 아래에는 왕족들이 매장되어 있는 공간으로 이어지는 계단이 나온다.

사실 스페인이 네덜란드를 침공했을 때, 사람들은 가톨릭이든 신교(칼뱅파)든 따지지 않고 함께 힘을 모아 스페인에 대항했다. 이렇게 서로 화합할 수 있었던 이유는 분열보다 화합을 추구했던 네덜란드 출신의 신학자 에라스뮈스의 사상 덕분이었다. 독립 이후에도 구교와 신교 간의 갈등이 있었지만 결국 신교인 칼뱅파가 우세하게 되었다. 네덜란드 사

회를 지배하게 된 네덜란드 칼뱅파 교인들은 타 종교나 사람들을 배척하지 않았고 존중하는 관용의 자세를 보였다.

사실 칼뱅파들의 이러한 관용적 태도에는 다른 이유가 있었다. 당시 네덜란드는 도시마다 독립성이 강해 서로 경쟁이 심했다고 한다. 종교에 대해 지나친 잣대를 들이댄다면 부유한 유대인이나 뛰어난 기술자들을 놓치거나 다른 도시에 그들을 뺏길 수 있었다. 그래서 네덜란드 북부 도시 사람들은 이교도들이나 유대인들의 종교를 인정하고 받아들였다. 특히 부유하고 재능 있는 유대인들은 네덜란드의 도시 발전에 큰 도움을 주었기 때문에 환영받았다고 한다. 이렇게 타 종교에 대해 관대한 태도로 실리를 챙기면서 작은 나라 네덜란드는 스페인과의 전쟁 이후 빠르게 성장할 수 있었다.

관용을 바탕으로 택한 실용주의 노선은 종교만이 아니었다. 역사적으로 보더라도 서로 다른 생각을 가진 네덜란드 사람들이 서로에게 필요한 합리적이고 실리적인 정책을 선택한 사례는 많다. 동인도회사의 경우, 네덜란드의 크고 작은 해운회사들이 그들끼리 경쟁하는 것은 손해라고 생각하여 만든 합자회사이다. 더 큰 목표를 위해 경쟁자와 협력하여 경쟁에서 함께 이기는 윈윈 전략을 선택한 것이다. 노사

갈등이 있을 때도 비슷한 노선을 취했다. 전 네덜란드 수상인 빔 콕(Wim Kok)은 사람들의 서로 다른 의견을 모아 고용을 보장하고 일자리 분배를 통해 공동 이익 창출을 약속하는 바세나르(Wassenaar) 협약을 성공시켰다. 외에도 동성 결혼과 안락사, 유럽 통합과 같은 진보적인 정책은 네덜란드의 합리적이고 실리적인 자세에서 비롯되었다. 이렇게 서로 다른 종교와 배경을 가진 사람들이 네덜란드에서 함께 살아갈 수 있는 이유는 네덜란드가 갈등에 부딪힐 때마다 관용의 자세를 가지고 실리적인 관점에서 해결책을 찾았기 때문이다.

『조선이 만난 아인슈타인』은 조선 말기부터 일제강점기를 거쳐 해방까지 살다 간 조선인 과학자들에 관한 이야기이다. 이 책에 소개된 인물 중에 나의 눈길을 끈 분은 바로 우장춘 박사이다. 우장춘 박사 하면 씨 없는 수박이 생각나는데 사실 이분의 진짜 업적은 우리가 지금 먹고 있는 배추 품종을 개발한 것이다. 현재 흔히 우리가 먹는 배추 품종은 우장춘 박사가 개발하기 전에는 없던 품종이었다고 한다. 그 배추를 개발한 이유는 그 당시 조선 사람들이 겪고 있던 열악한 환경 때문이었다. 우장춘 박사는 조선 사람들이 배불리 먹을 수 있는 좋은 배추 품종을 개발하는 게 시급하다고 생각했다. 사실 우장춘 박사의 어머니는 일본인이고 그는 일본인의 후원 아래 자라 일본인 아내를 맞이하여 인생의 대부분을 일본에서 보냈다. 일본인이라고 봐도 무방할 정도로 그의 뿌리는 일본에 있었지만, 그는 조선을 위해 전쟁 중에도 한국에 남아 연구를 계속한다. 출신 국적에 상관없이 조선 사람들을 위해 배추 품종을 연구한 그의 노력 덕분에 오늘날 우리는 좋은 품질의 배추를 먹을 수 있게 되었다.

우장춘 박사 외에도 이 책에는 이념이 다르다는 이유로 남한을 떠나야 했던 조선인 과학자들의 이야기도 있다. 당시 대한민국의 상황은 일제 강점기를 벗어나 여러 가지 이념과 사상이 혼재되어 있었고 정리되지 않은 상황이었다. 그러한 상황에서 공산주의자라는 이유로 강제로 사상과 이념에 따라 월북해야 했던 과학자들이 있었다. 만약 그 당시 이념과 사상에 상관없이 과학자들에게 관용을 베풀어 자유롭게 연구할 수 있었던 환경이 마련되었다면 현재 무엇이 달라졌을지 생각해 보게 된다.

사실 한국은 세계에서 보기 드문 단일 민족의 긴 역사를 가진 나라이다. 그렇게 한 민족으로서의 살아온 역사가 길었기 때문에 나라가 위기에 처하면 자연스럽게 한마음이 되어 위기를 해결했다. 이런 한국인에게 타인을 받아들이고 전혀 다른 배경을 가진 다른 사람들과 함께 살아가는 것은 쉽지 않은 길인 것 같다. 한국인끼리 똘똘 뭉쳐 위기를 극복해 온 경험이 많기 때문이다.

네덜란드의 관용과 그에 바탕을 둔 정책을 보면 상대의 다름을 인정하고 받아들이려고 노력할 때, 세상을 바라보는 시야가 좀 더 넓어졌다는 것을 알게 된다. 남에게는 있지만 나에게는 없는 것들이 보이고 반대로 나에게 있는 것이 남에게 없다는 것을 알게 되는 것이다. 절대 풀지 못할 것 같은 문제가 있어도 무엇이 서로에게 이득이 될지 체면을 따지지 않고 생각해 보면 해결책이 보인다. 더 멀리 가려면 더 멀리 봐야 한다.

5. 내 자전거 돌려줘! | 천국의 발견

#로테르담   #독일 폭격   #강제수용소   #전쟁 트라우마

더치 승무원들에게 서울에 머무는 동안의 계획에 관해 물어보면 다양한 의견이 나온다. 북한산 하이킹, 한강 자전거 투어, 겨울에는 강원도에서 스키 등 알찬 계획들이 많다. 그런데 특이하게도 DMZ에 가고 싶다는 승무원들을 많이 만날 수 있었다. 남북한 문제에 대해 관심이 많고 자세히 알고 있는 승무원도 많다. 예전에 만난 한 파일럿은 '안녕하세요.'라고 특이한 억양으로 인사하길래 조선 시대 말투라며 혹시 한국 사극 보고 배웠냐고 놀렸더니 심드렁하게 뉴스에서 김정은한테 배웠다고 말했다. 이렇게 김정은의 말투를 연구한 외국인이 있을 줄은 예상하지 못했다. 장난이었지만 심각한 얼굴로 '간첩으로 오해할 수 있어. 국정원에 끌려갈 수 있으니 조심해.'라고 말했다. 처음에는 그저 '네덜란드가 한국전쟁 당시 참전한 나라여서 북한에 관심이 많나?'라고 생각했는데 한국전쟁과는 별개인 다른 이유가 있었다. 네덜란드에는 세계 2차 대전과 관련된 가슴 아픈 역사가 있었다.

네덜란드의 도시인 '로테르담'에는 현대적인 건축물이 많다. 그 이유는 세계 2차대전 당시 독일군의 폭격으로 땅이 평평하게 될 정도로 도시가 흔적도 없이 사라졌기 때문이다.

기적적으로 살아남은 옛날 건물들이 있긴 하지만 손에 꼽을 정도다. 이후에 폐허가 된 도시를 재건하면서 현대적이고 예술적인 건축물이 들어서게 된다. 로테르담에는 벌집 모양의 '큐브 하우스(Cube house)'와 말굽 모양의 '마르크트 할(Markthal)'처럼 고정관념을 뛰어넘는 혁신적인 건축물들이 많다. 하지만 오래전 이곳에서 수많은 사람의 목숨과 평범한 일상이 사라졌다고 생각해 보면 그저 감탄만 하기에는 마음이 무겁다.

전쟁은 무고한 사람들로부터 많은 것을 빼앗았다. 일본이 우리나라를 수탈한 것처럼 독일도 부족한 군수물자를 메꾸기 위해 네덜란드 사람들의 자전거를 수탈했는데 당시 네덜란드 사람들은 이 일로 자존심이 엄청나게 상했다고 한다. 그 당시 자전거를 뺏긴 사람들은 독일인이 자전거를 가져간 사실을 절대 잊지 않았다. 그래서 네덜란드 사람들은 보통 외국인들에게 우호적이지만 독일만큼은 예외라고 한다. 전쟁 후 네덜란드의 베아트릭스 여왕이 독일 출신 남성과 결혼하기로 발표했을 때는 온 나라가 난리였다. 그 당시 네덜란드 국민의 분노는 엄청났는데 여왕의 남편이 지나가는 길에

'내 자전거 내놔라! (Geef mijn fiets terug!)'라며 시위까지 하며 강력하게 반대했다고 한다. 이 사실을 알게 되고 난 후, 진짜 무슨 일이 있어도 네덜란드 사람들의 자전거는 손대면 안 된다는 생각이 들었다.

네덜란드의 식민지에도 전쟁은 혹독했다. 비행에서 만난 한 사무장은 인도네시아에서 네덜란드로 피난 온 그녀의 외할머니에 대해 이야기해 주었다. 그녀의 할머니는 일본이 인도네시아를 점령하자 강제 수용소에서 살아야 했는데 그 당시 수용소에서의 삶은 정말 끔찍했다고 한다. 아직도 일본군이 죽창을 들고 사람들을 찌르던 장면이 생생하다며 평생 전쟁에 대한 트라우마를 가지고 살아가셨다고 한다. 그때 만난 사무장의 이야기를 통해 전쟁의 참혹함을 기억하는 생존자들이 네덜란드에 많다는 사실을 알게 되었다.

전쟁이 끝난 지 한참 지났지만, 아직도 전쟁이 네덜란드 사회에 미친 영향은 크다. 특히 무엇보다 심각한 피해를 겪은 사람들은 네덜란드에 거주하던 유대인이었다. 네덜란드 유대인들의 인구 비율은 유럽 국가 중에서 80% 정도였는데, 다른 나라보다 훨씬 낮은 생존율을 보였다고 한다. 유대인 학살의 트라우마는 아직도 네덜란드 사회에 뿌리 깊게 남아 있다.

네덜란드 작가 '하리 멀리쉬'는 독일 군부에 협력한 아버지와 유대인 어머니 사이에서 태어났다. 원래 부모 중 한 명이라도 유대인이면 유대인이 되기 때문에 가차 없이 수용소로 끌려가야 했는데 나치에 협력한 아버지 덕분에 본인과 어머니는 수용소행을 면했다고 한다. 하지만 그의 외가 친척들의 대부분은 아우슈비츠에서 목숨을 잃었다고 한다. 전쟁 후, 아버지는 투옥되고 어머니도 더 이상 네덜란드에 살지 못하고 미국으로 이민을 떠난다. 그는 스스로 '나 자신이 바로 제2차 세계대전의 화신이다'라고 말할 정도였고, 그의 트라우마는 상당했다. 전쟁 때문에 가족도 뿔뿔이 흩어지고 친척 대부분이 죽었다는 사실을 그가 어떻게 받아들여야 했을지 상상하기 힘들다.

하리 멀리쉬의 소설 『천국의 발견』을 읽으면 전쟁 후 많은 유대인의 죽음에 대한 죄책감과 트라우마가 네덜란드 사회 전반에 걸쳐 있었다는 것을 다시 한번 확인하게 된다. 소설에 나오는 '베스터르보르크 강제 수용소(Westerbork transit camp)'는 안네 프랑크를 비롯한 네덜란드 출신 유대인들이 거쳐 간 곳이다. 이곳에 있는 녹슨 철로를 따라가면 곧바로 아우슈비츠에 도착한다고 한다. 그래서 그 당시 '베스터르보르크'행 기차는 아우슈비츠행을 의미했다. 작가의 트라우마에서 비롯된 생존자로서의 죄책감과 분노는 소설 속 주인공의 이야기를 통해 무겁게 전달되고 있다.

소설 『천국의 발견』은 두 개의 이야기로 이루어져 있는데 인간의 이야기와 천사들의 이야기이다. 처음 소설은 지상의 인간들의 만행에 대한 천사들의 대화로 시작된다. 먼 옛날 사람들은 하나님의 백성으로 살기로 신과 약속하였고 그 약속을 모세의 율법으로 남겼다. 모세의 율법에는 '살인하지 말라'라는 계명이 있지만 이후 인간들은 신과의 약속인 율법을 어기고 수많은 사람을 죽이게 된다. 그 수많은 사람 중에는 네덜란드에 살던 유대인도 포함되어 있었다. 천사들은 이제 인간들이 악마 '루시퍼'의 법에 따라 살아가고 있으니 이전 모세와 신이 계약한 율법은 이제 필요 없게 되었다고 판단하여 율법을 파괴하기로 한다. 그리하여 그들은 지상에 숨겨진 모세의 율법을 찾아 사람으로 환생한 천사를 지상으로 내려보냈고, 결국 그 천사는 모세의 율법을 찾아서 파괴한다. 소설 속 천사들의 대화 말마 따나 오늘날에도 '살인하지 말라'라는 계명은 여전히 지켜지지 않고 있고, 전 세계

많은 사람이 전쟁으로 죽고 있다. 한국도 휴전 국가로서 바깥 세계 사람들의 시선으로 보면 언제 전쟁이 터질지 모르는 불안하고 불확실한 나라이다. 한국에 온 네덜란드 사람들이 DMZ에 가고 싶어 하는 이유는 무엇일까. 아마도 네덜란드 사람들이 DMZ에 가는 이유는 그런 아픈 역사가 반복되는 일이 없도록 잊지 않기 위해서일지도 모른다.

Part 4.

블루오션을
찾아서

#대항해 #식민지 #무역 #칼뱅주의

땅보다 낮은 땅에서 범람하는 물과 싸우며 그들의 시선은 바다 건너 미지의 땅으로 향했다. 바다를 건너 유럽과 아시아를 연결하며 부를 쌓았고, 안으로는 칼뱅주의에 따라 검소하게 살았다. 거친 파도에 맞서 기회를 찾아 헤매던 이들은 누구보다 먼저 블루오션을 발견했고, 그로 인해 네덜란드의 황금시대가 시작되었다.

1. 동서양의 조화, 델프트 블루 | 일본 도자기 여행

#청화백자   #델프트블루   #미니어처 하우스   #아리타 자기

영화 〈악마는 프라다를 입는다〉에는 세상을 변화시킨 '세루리안 블루(Cerulean Blue)'에 대한 이야기가 나온다. 이 '세루리안 블루'라는 색깔은 패션계에 등장한 후, 엄청난 인기와 함께 명품의 색으로 사랑받으며 수백만 달러의 수익과 일자리를 만들었다. KLM 네덜란드 항공의 유니폼 색깔도 바로 이 색이다. 그런데 이 특별한 이 푸른색이 수많은 이익과 경제 효과를 만들었던 경우는 현대 패션계에만 있었던 일이 아니다. 특히 네덜란드 사람들에게 이 특별한 푸른색은 각별한 의미가 있다.

화가 요하네스 페르메이르의 「우유를 따르는 하녀」의 앞치마, 「진주 귀걸이를 한 소녀」에서 소녀가 두른 터번에도 푸른색이 있다. '울트라마린(Ultramarine Blue)'이라고 불리는 이 물감은 아프가니스탄에서만 나오는 청금석으로 만드는데 그 당시 청금석이 순금보다 높은 가격으로 거래되었다고 한다. 그리고 청금석은 청화 백자의 푸른 무늬에 쓰이는 최고급 도료였다. 페르메이르가 이 값비싼 물감을 과감하게 작품에 쓸 수 있었던 이유는 네덜란드에 도래한 황금시대의 영향이다. 이후 그가 살던 도시인 델프트에는 '델프트 블루'라고 하는 독자적인 도자기가 생산된다.

암스테르담 국립미술관(Rijksmuseum)에는 그 당시 중국으로부터 수입된 청화백자가 전시되어 있다. 네덜란드 동인도회사가 주로 이 청화백자를 중국에서 수입했다. 네덜란드 동인도회사(VOC: Vereenigde Oost-Indische Compagnie)는 여러 개의 네덜란드 무역회사가 영국, 스페인과의 무역 경쟁에 대항하기 위해 힘을 합쳐 만든 통합 주식회사였다. 당시 유럽인들은 동양의 첨단기술 제품인 청화백자에 매료되었고, 동인도회사의 공격적인 무역 활동 덕분에 엄청난 수의 청화백자가 유럽으로 들어오게 된다.

어느 날 청화백자를 수입하며 재미를 보던 네덜란드 상인들에게 위기가 닥쳤다. 중국이 명나라에서 청나라로 넘어가

Johannes Vermeer,
〈The Milkmaid〉, 1660년,
암스테르담 국립미술관

청화백자,
암스테르담 국립미술관

는 권력의 교체기에 도자기 수출을 중단한 것이다. 그래서 네덜란드인들도 중국의 청화백자를 어떻게든 흉내 내어 수요를 맞춰보고자 한다. 그 당시 네덜란드 도시 '델프트'에서 도자기 장인들은 청화백자를 모방한 제품을 만들기 시작하였고 '델프트 블루'는 이러한 이유로 탄생하였다. 솔직히 처음 델프트 블루를 보면 중국산 짝퉁 도자기인 것 같다는 생각이 드는데, 중국 청화백자를 모방하여 만든 것이니 어느 정도 맞는 말이다.

KLM 네덜란드 항공도 델프트 블루와 인연이 있다. 먼저 네덜란드의 대표 화장품 브랜드인 '리츄얼스(Rituals...)'는 델프트 블루 도자기에 영감을 받아 '암스테르담 컬렉션'을 출시했다. '리츄얼스'의 암스테르담 컬렉션은 일본 유자(Japanese yuzu)와 튤립 향을 지닌 화장품인데, KLM 항공 비즈니스 클래스에서 제공된다. 어느 날, 기내 화장실을 점검하면서 핸드크림을 살펴보던 나는 의문이 들었다. 동서양의 조화라는 취지는 잘 알겠는데 왜 하필 중국의 꽃이나 차이니즈 만다린도 아닌 '재패니즈 유자'인 걸까? 그냥 일본과 오랜 기간 무역을 통해 특별한 관계가 있어서 유자를 선택한

줄 알았다. 그런데 의외의 책에서 델프트 블루와 일본과의 관계를 알게 되었다.

『일본 도자기 여행』을 보면 네덜란드 상인들은 중국 도자기 수입이 끊기자, 대신 일본 규슈의 아리타 자기를 수입했다고 한다. 그래서 이 제품들을 '이마리 자기'라고도 부르는데 아리타 자기가 인근 항구인 '이마리'에서 수출되었기 때문이다. 그런데 이 '아리타'라는 장소는 가슴 아픈 한국 역사와 관련이 있다. 사실 일본의 자기 기술이 갑자기 발달한 이유는 임진왜란 때 끌려간 수많은 조선인 도공 덕분이다. 당시 아리타의 영주였던 사무라이가 수만 명의 조선인 도공을 붙잡아 왔고 '이삼평'이라는 조선인 도공이 일본 최초의 백색 자기인 '아리타 자기'를 만들었다. 그 후 이마리에서는 네덜란드 상인들의 요구에 따라 유럽인들의 취향에 맞는 화려한 채화 자기를 수출하기 시작한다. 그러고 보니 델프트나 네덜란드 미술관에서 다양한 색이 칠해진 화려한 자기들을 본 적이 있었다. 그냥 청화백자 스타일을 벗어난 독특한 '채화 자기'라고 생각했었는데 그게 '아리타' 스타일이었다.

KLM에는 '델프트 블루 미니어처 하우스'가 있다. 비즈니스 승객에게 특별히 제공하는 이 하우스는 네덜란드 곳곳에 있는 유서 깊은 건축물을 '델프트 블루' 양식으로 구워 작게 만들었다. 미니어처 하우스의 안에는 네덜란드 진(Jin)인 제네바(Genever)가 들어있는데 네덜란드의 대표 주류 회사이며 세계에서 가장 오래된 증류 회사인 '볼스(Bols)'에서 만든다.

　서비스가 끝난 후, 구척장신의 사무장이 작은 델프트 블루 미니어처 하우스 하나하나를 꺼내 승객들에게 드리기 위해 보기 좋게 진열하는 것을 보았다. 커다란 네덜란드 사람들이 조그마한 델프트 하우스를 예쁘게 진열하는 모습을 보면 마치 튤립을 정성스레 가꾸는 거인 같았다. 또, 작지만 자신들의 전통을 담아 알차게 구성한 델프트 블루 하우스는 실용성을 추구하는 네덜란드다운 마케팅이라는 생각이 든다. 델프트 블루 미니어처 하우스의 또 다른 매력은 각각의 하우스마다 색다른 이야기가 있다는 점이다. 우리에게 잘 알려진 하멜과 렘브란트 등 네덜란드 역사 또는 인물과 관련 있는 하우스도 있다.

　암스테르담을 걷다 보면 17세기에 지어진 네덜란드 전통

가옥이 운하를 따라 줄지어 있는 것을 볼 수 있다. 운하를 따라 몽당연필이 줄지어 서 있는 듯 보이는 네덜란드식 가옥들은 우리나라 제주도처럼 바람이 불고 거센 비가 몰아쳐도 끄떡없는데 마치 땅속에 뿌리 내린 듯 튼튼하다. 가옥들 하나하나 개성 있는 모습 그대로 자신의 건재함을 과시하고 있다. 그래도 오래전에 세워진 건물 중 몇몇은 세월의 풍파를 맞아 옆으로 아슬아슬하게 기울어져 있기도 하다. 옆에 멀쩡한 집에 살포시 머리를 기대어 안간힘을 다해 버티는 모습을 보면 힘내라고 응원하고 싶어진다. 이렇게 암스테르담에서는 옛날 경쟁에서 살아남기 위해 서로 협력했던 네덜란드 동인도회사가 그랬던 것처럼 네덜란드 17세기 가옥들이 거센 바람을 맞으며 서로 힘을 합쳐 당당하게 서 있다.

2. 플라잉 더치맨이 남긴 것 | Vermeer's hat

#네덜란드의 흔적   #정원 가꾸기   #외국어 교육   #다양성

따뜻한 햇살이 내리쬐는 날, 오랜만에 근처 공원으로 산책
하러 갔다. 공원으로 들어가는 입구를 지나 주위를 쓱 둘러
보는데 멀리서 익숙한 건물이 눈에 띄었다. 바로 공원 한구
석에서 천천히 날개를 돌리며 입장객을 맞이하고 있는 풍차
였다. 그러고 보니 이 공원에는 알 수 없는 이유로 풍차가 있
었던 게 기억났다. 전에는 풍차를 보면 '아, 저기에 풍차가
있구나.'라며 지나갔는데 네덜란드와 인연을 맺은 후에 다시
보니 새로웠다. 기억으로는 이 공원에서는 봄이 되면 튤립
축제도 열린다. 내가 사는 도시에 이렇게 작은 네덜란드가
있었다니 새삼 신기했다.

얼마 후 비행에서 알게 된 더치 동료가 놀러 왔다. 가볼 만
한 장소가 어딜까 고민하다가 근처에 가까이 있는 대나무 숲
으로 갔다. 대나무 숲을 둘러보고 나가려던 그때 그녀가 뭔
가 발견했다.

"Hoes Oudolf Ulsan Garden(후스 아우돌프 울산 가든)?
이거 네덜란드 사람 이름인데 왜 여기에 있지?"

내가 모르는 곳에 네덜란드의 흔적이 근처에 또 있었다.
알고 보니 그 정원은 네덜란드 출신 조경사인 '피트 아우돌

프(Piet Oudolf)'와 '바트 후스(Bart Hoes)'가 참여하여 합작한 아시아 최초 자연주의 정원이었다. 네덜란드 식물뿐만 아니라 한국의 자연 식물을 연구하여 한국 자연과 조화를 이룰 수 있도록 세심하게 디자인한 정원이라고 한다. 낯선 한국의 자연 식물을 연구하여 조화를 이루는 방법을 선택하다니 역시 적응력이 남다른 네덜란드답다고 생각했다.

참고로 더치 사람들은 정원 가꾸기에 진심이다. 네덜란드 집의 좁은 입구를 보면 도대체 정원이 어디에 있는지 밖에서는 알 도리가 없다. 정원은 보통 집 안에 있는데 이 때문에 네덜란드 가옥은 영국의 유명 드라마 시리즈 '닥터 후(Doctor Who)' 속 타임머신인 '타디스'같다는 생각이 든다. '타디스'는 겉은 공중전화 부스만큼 작은데 들어가면 축구경기장처럼 넓은 타임머신이다. 네덜란드 사람들은 베란다 혹은 창틀, 아니면 대로를 접한 집 근처 현관 부근에 한 뼘도 놓치지 않고 꽃과 식물을 심는다고 한다. 그래서 네덜란드를 여행하면 골목 구석구석에 있는 꽃과 식물을 볼 수 있다.

일찍이 바다 넘어 낯선 세상으로 향했던 네덜란드의 흔적은 '요하네스 페르메이르'의 작품에도 남아 있다. 『Vermeer's hat(페르메이르의 모자)』라는 책을 보면 페르메이르의 작품 「장교와 웃는 소녀」의 남자가 어떻게 가죽 모자를 쓰게 되었는지에 대한 이야기가 있다. 장교가 쓴 모자를 잘 보면 비버 가죽으로 만든 걸 알 수 있는데 사실 비버 가죽은 유럽에서는 구하기 힘든 물건이었다. 그렇다면 그림 속 장교는 어떻게 가죽 모자를 구할 수 있었을까. 알고 보니, 그림의 제작 시기가 그 당시 네덜란드 상인들이 아메리카 원주민들과 활발히 가죽 교역을 한 시기와 일치했다. 유럽에서 비버 가죽 수요가 높다는 것을 감지한 발 빠른 네덜란드 상인들 덕분에 그 당시 사람들은 유럽에서 비버 가죽으로 만든 모자를 쓸 수 있었던 것이다.

네덜란드의 다른 흔적은 미국에도 남아 있다. 지금의 뉴욕 (New York)은 원래 '뉴 암스테르담(New Amsterdam)'이라는 이름이었다. 17세기 무렵 네덜란드 동인도회사가 북아메리카 원주민들에게 지금의 맨해튼 섬을 헐값에 산 후, 섬은 '뉴 암스테르담'이라는 이름으로 불렸다. 그 후 뒤늦게 아메리카 대륙에 진출한 영국과의 전쟁에서 패하게 되었고, 1667년 브레다 조약으로 인해 맨해튼 섬과 수리남을 맞바꾸게 된다. 그래서 '뉴 암스테르담'이라는 이름을 지녔던 맨해튼 섬

은 '뉴욕'(New York)이라는 새로운 이름을 갖게 된다. 그래서 암스테르담 사람들은 암스테르담에서 미국 관광객들을 만나면 농담 삼아 '고향에 돌아온 걸 환영한다'라며 인사하곤 한다.

미국 이민자들의 역사는 네덜란드의 도시 '레이든(Leiden)'에서 출발한다. 레이든에는 청교도가 탔던 배 '메이플라워호'의 이름을 딴 '메이플라워 호텔'이 있었다. 알고 보니 레이든은 영국 청교도들이 처음 정착했던 도시인데, 이들은 이곳에서 1년여 정도 지낸 후에 기회의 땅 아메리카로 떠났다고 한다. 이들이 배에서 내리기 전에 선실에서 작성한 메이플라워

서약서는 네덜란드가 스페인으로부터 독립할 당시 작성한 독립선언문에 뿌리를 두고 있다고 한다. 미국과 네덜란드와의 인연은 이것이 끝이 아니었다. 네덜란드 이민자 가정 출신의 루스벨트 대통령은 대통령이 되자 네덜란드어로 된 성경에 손을 얹고 선서했다고 한다. 또한 네덜란드에 뿌리를 둔 미국의 정치 가문의 후손들은 유럽에 오면 반드시 레이든을 방문한다. 네덜란드 사람들의 흔적은 마치 영화 〈캐리비안의 해적〉의 유령선 '플라잉 더치맨(Flying Dutchman)'처럼 사라지지 않고 전 세계 곳곳에 남아있는 것 같다.

네덜란드 사람들이 오래전부터 전 세계에 빠르게 진출할 수 있었던 이유로는 정세를 발 빠르게 읽는 넓은 시야와 도전 정신에도 있지만 또 다른 이유로는 다른 문화를 대하는 그들의 유연한 태도에도 있다. 대항해 시절의 네덜란드 사람들은 무역으로 얻는 이익이 중요했지, 스페인처럼 가톨릭 포교는 하지 않았다. 네덜란드가 일본과 유일하게 꾸준히 무역할 수 있었던 것도 바로 이 때문이었다. 그리고 네덜란드 사람들은 무역에 의존한 깊은 역사 덕분에 다른 유럽 사람들에 비해 다양한 외국어를 습득하려고 하는 성향이 강하다고 한다. KLM에도 스페인어, 독일어, 만다린까지 다른 외국어를 구사하는 승무원들이 많다. 또한 네덜란드에서는 네덜란드어를 전혀 구사하지 못해도 불편함이 없을 정도로 네덜란드 사람들은 영어를 잘한다.

네덜란드 영어 교육 시스템은 실용적 영어를 중점으로 하고 있는데, 덕분에 네덜란드 어린이들은 어릴 때부터 일찍 영어에 노출된다. 한 번은 어린 자녀들을 둔 더치 동료에게 아이들의 영어 교육이 어떤 식으로 이루어지는지 물어보았는데, 각종 만화 영화나 TV 프로그램을 볼 때 영어 그대로 듣는다고 한다. 어릴 적부터 책과 미디어를 통해 자연스럽게 영어에 노출되는 데다가, 주위 어른들이 영어를 구사하는 모습을 보면서 자라게 되니 영어에 대한 거부감도 없는 편이다.

비행하면서 알게 된 한 더치 승무원의 딸은 장래에 엄마처럼 KLM에서 일하고 싶다고 말했다. 그래서 혹시 엄마처럼 승무원이 되고 싶냐고 물었더니 사실 파일럿이 되고 싶단다. 원래 영어에 흥미가 없었는데 파일럿이 되기로 결심하면서 최근에는 엄마와 영어 공부를 열심히 해보기로 다짐했다고 말했다. 그 후, 그녀는 가족들과 휴가를 떠난다며 자녀들과 함께 찍은 사진을 보내왔다. 사진을 보니 그녀와 자녀들이 KLM 비행기 조종실에서 환하게 웃고 있는 모습이었고, 그녀의 딸은 조종석에 앉아 있었다. 또 한 명의 더치가 호기심을 참지 못하고 미지의 세상을 향해 떠날 준비를 하고 있다고 생각하니, 역시 방황하는 플라잉 더치맨의 역사는 영원히 끝나지 않을 모양이다.

3. 열대에서 만난 더치의 흔적 | 지리학자의 열대 인문 기행

#열대 지방   #문화적 차이   #캐리비안   #대항해시대

네덜란드 사람들은 커피를 좋아한다. 우리나라 김치냉장
고처럼 커피 머신은 일반 네덜란드 가정에서 필수 가전제품
이라고 한다. 그리고 회사, 공공기관 등의 건물에는 무료로
커피를 마실 수 있는 자판기가 있다. 돈에 민감한 네덜란드
사람들이지만 커피는 언제 어디에서나 공짜로 내어줄 만큼
커피 인심이 후하다. 하지만 네덜란드의 커피 인심만큼 커피
나무는 그렇게 쉽게 아무 곳에서 자라지도 않고, 후하지도
않다. 커피나무는 커피 벨트라고 불리는 적도를 중심으로 위
아래 25도 지역의 열대 혹은 아열대 지역에서 자라기에 다
른 지역에서 재배하기가 어렵다.

네덜란드의 흔적이 남아 있는 열대 지방의 나라가 있다.
우리에게 넷플릭스 시리즈로 잘 알려진 '수리남'이다. 수리남
은 오랫동안 네덜란드의 식민지였기에 수리남 사람들은 네

덜란드어를 구사한다. 드라마가 아니었으면 몰랐을 생소한 나라, 수리남과 한국의 비슷한 점이 하나 있는데, 바로 부모님의 훈육 방식이었다. 네덜란드에서는 부모가 자녀를 체벌하면, 자녀가 어린이 인권 보호 경찰에 신고할 수 있지만, 수리남은 그렇지 않다. 그래서 수리남계 더치 동료들이 어릴 적 엄마한테 혼나서 맞은 이야기를 들으면 남의 이야기 같지 않다. 엄마가 무엇을 들고 때렸는지 그 당시 화난 목소리와 표정을 흉내 내며 이야기하면 분명 웃으며 들을 일이 아닌데 그냥 배꼽을 잡고 웃게 된다. 수리남 엄마랑 한국 엄마가 화났을 때 어느 쪽이 더 무서울지 궁금하다.

『지리학자의 열대 인문 여행』이라는 책을 읽어보면 열대 지방에서 위험한 것은 수리남 엄마뿐만이 아니었다. 수리남 엄마들을 포함하여 열대 지방에 사는 모든 동식물은 함께 살기엔 너무나 위험하다. 하지만 열대는 복잡하고 다양한 식물과 야생 동물들이 평화롭게 질서를 지키며 살아가는 곳이기도 하다. 남들이 보기에 부족해 보일지라도 사실 부족한 적이 없는 열대 지방의 사람들은 여유로운 마음으로 삶을 대한다. 더치 동료들에게 들은 바로는 암스테르담에서 카리브해에 있는 퀴라소와 남아메리카 수리남으로 가는 비행에서는 항상 음악과 춤이 빠지지 않는다고 한다. 특히 암스테르담-퀴라소행 비행은 아름다운 카리브해 해변에서 휴가를 보낼 생각에 신이 난 승객들 때문에 승무원들이 꼽은 가장 바쁜 비행이라고 한다. '싱가포르'나 태국 '방콕' 또한 네덜란드 사람들의 열대 사랑을 잘 보여주는 인기 여행지이다.

대항해 시절의 네덜란드 사람들은 좀 더 효율적인 무역 활동을 위해 유럽과 아메리카의 중간 지점인 아프리카 해안 지역에 식민지를 건설하였다. 이후 네덜란드인과 기타 개신교도들이 종교의 자유와 새로운 삶을 위해 이곳에 이주하게 된다. 그래서 남 아프리카공화국 백인 전체 인구 중 약 60퍼센트 정도는 네덜란드 이주민인 '부어(Boer)인'이다. 'Boer'는 네덜란드어로 '농부'라는 뜻인데 남아프리카로 건너간 네덜란드 농부들을 말한다. 이들이 아프리카에 정착하면서 자신들을 아프리카너(Africanner)라고 부르게 되었고 네덜란드어를 기초로 하여 토착 아프리카어가 섞여 만들어진 아프리칸스어(Afrikanns)라는 독특한 언어를 사용한다. 그래서 KLM에는 어린 시절 아프리카 케냐 혹은 남아프리카공화국 요하네스버그에서 살다 온 더치 동료들이 많다.

사실 잘 모르는 낯선 지역에 정착하며 처음부터 다시 시작한다는 것이 쉬운 일은 아니다. 그런데 네덜란드 사람들은 새로운 곳에 정착하면 자신들의 뿌리도 잊지 않고 타 문화에 영향을 받는 데에도 거부감이 적은 것 같다. 배우자가 외국인인 더치 동료들의 이야기를 들어보면 네덜란드에 있는 가족과 헤어져 배우자를 따라 낯선 나라에서 살았던 사람이 많았다. 이들에게 문화 차이로 힘들지 않았냐고 물어보니 오히려 새로운 문화를 경험하기 좋아했기에 언어도 적극적으로 배우고자 노력했다고 말했다. 사람마다 차이가 있지만 내가 만난 외국에 살던 더치 동료들 대부분은 다른 문화에 대해 호기심이 많고 여유롭고 유연한 태도를 지니고 있었다. '아마도 네덜란드 사람들의 개방적인 특성이 아프리카나 위험한 열대에 적응할 수 있었던 비결이 아니었을까?'라는 생각이 들었다.

『지리학자의 열대 인문 여행』에서는 유럽인들의 열대 지방 진출로 인해 오히려 지역 교류가 활발해지고 여러 문화가 섞여 개방적 문화가 탄생하였다고 한다. 인종과 종교가 달라서 갈등과 충돌이 난무할 것 같지만 그곳에서 살아가고 있는 사

람들은 평화롭게 공존하는 법을 터득하였다. 먼 옛날 길고
긴 항해 끝에 열대 지방에 도착한 네덜란드 사람들은 열대
문화를 마주했을 때 어떤 기분이었을까. 다양하고 복잡한 생
물들이 평화롭게 공존하며 살아가고 있던 열대는 그들에게
아마도 기회와 희망의 땅이었을 것이다.

4. 암스테르담의 상인들 │ The Miniaturist

#미니어처 하우스   #동인도회사   #칼뱅주의   #네덜란드 국립미술관

'네덜란드 국립미술관(Rijksmuseum)'에는 17세기 상인의 집을 재현한 특별한 미니어처 하우스가 있다. 어느 암스테르담 상인의 부인이 소장하던 '돌 하우스(Dolls' House)'인데 응접실과 부엌 그리고 침실을 갖추고 있으며 실제 집처럼 완벽하게 재현한 작은 하우스이다.

자세히 안을 살펴보면 벽에 장식된 청화백자와 가구도 있는데, 이를 통해 그 당시 암스테르담 상인들의 부유함을 짐작해 볼 수 있다. 정교하게 만들어진 이 미니 하우스는 아이들 장난감용이 아니라 부유한 암스테르담 여성의 사치스러운 취미 생활을 위해 만들었다고 한다.

그런데 이걸 처음 봤을 때 낯설지 않아서 알아보니 예전에 읽었던 소설 『The Miniaturist(미니어처 리스트)』의 모티브가 된 하우스였다. 이 책의 작가도 처음 네덜란드 국립미술관에 방문했을 때, 이 특별한 미니어처 하우스에서 영감을 받아 책을 쓰게 되었다고 한다. 『미니어처 리스트(The Miniaturist)』의 주인공인 '넬라(Petronella)'의 이름도 이 작은 하우스를 소유했던 주인의 이름에서 따온 것이다.

『The Miniaturist(미니어처 리스트)』 이야기는 한 부유한 암스테르담 상인의 집에 시집온 넬라가 수상한 미니어처 리스트로부터 작은 인형을 받으면서 시작된다. 미니어처 리스트는 마치 넬라에게 벌어질 사건들을 예고하듯이 실제와 똑같은 인형이나 모형을 보낸다. 이 소설의 배경에는 수리남 플랜테이션 농장의 설탕과 칼뱅파인 암스테르담 상인들의 관계가 복잡하게 얽혀있다.

네덜란드 서인도회사는 아프리카에서 사람을 납치해 수리남을 비롯한 남아메리카 농장에 노예로 팔았다. 설탕을 생산하려면 많은 노예가 필요했고 설탕은 이윤을 많이 남기는 사업이었기 때문이다. 그래서 암스테르담 상인들은 많은 돈을 벌었지만, 대부분이 칼뱅주의를 따랐기 때문에 검소하게 살았다고 한다. 감자와 청어를 먹으며 검소한 생활을 한 사람들이 노예산업과 식민지 개척에 적극적이었다니, 그들은 칼뱅이 가르친 삶과 전혀 다른 삶을 산 셈이다.

암스테르담에는 네덜란드 동인도회사(VOC)를 이끌었던 유서 깊은 한 상인의 집이 남아 있다. 지금은 '판 론 뮤지엄(Van Loon Museum)'이라는 이름으로 일반인들에게 공개

하고 있다. 이곳에 가면 그 당시 암스테르담의 번영을 도모하며 엄청난 부를 축적했던 VOC 상인 가문의 생활을 볼 수 있다. 박물관에는 판 론 가문 외에도 함께 동인도회사를 설립한 다른 가문들도 소개되어 있었다.

2층에는 네덜란드 동인도회사와 관련된 여러 자료가 전시되어 있는데 전직 미국 대통령 오바마와 지금은 천황이 된 나루히토의 사진과 방명록이 있었다. 역사적으로 네덜란드 동인도회사와 미국, 일본 사이에 오랫동안 끈끈한 관계가 있었음을 알 수 있다. 잘나가던 암스테르담 상인의 명성에 걸맞게 집안에는 아름다운 정원과 동양에서 온 가구가 곳곳에 있었다. 칼뱅주의의 영향으로 다른 나라 부자들에 비해 검소하게 보인다 하지만, 동인도회사를 이끌어 온 과거만큼은 화려하고 위풍당당하다.

『The Miniaturist(미니어처 리스트)』의 마지막에는 암스테르담에 처음 수입된 '코코아(Cocoa)'가 등장한다. 오랜 기간 창고에 방치된 설탕이 까맣게 변했기에, 넬라는 온전하게 남아 있는 설탕이라도 팔아보고자 이곳저곳을 찾아다니며 판매처를 모색한다. 그러던 중 우연히 넬라가 평소에 알고 지내던 한 베이커가 넬라가 가져온 설탕에 코코아와 바닐라를 섞어서 새로운 음료를 만든다. 여기서 희망을 얻은 그들은 다른 도시의 제과점에도 설탕이 필요한지 그들만의 네트워크를 이용하여 새로운 판매 경로를 개척하는 것으로 이야기는 끝난다. 위기를 기회로 삼아 함께 어려움을 돌파한다는 점에서 더치식 위기 대처 방식을 제대로 보여주는 결말이었다.

독실한 칼뱅 교도인 네덜란드 상인들은 자신들을 시시각각 괴롭히는 설탕의 달콤한 유혹을 경계하면서 신념을 지켰다. 하지만 그들이 판매한 설탕이 다른 사람들의 영혼을 타락하게 할지도 모른다는 죄책감은 없었던 것 같다. 종교와 상관없이 철저하게 실리를 추구한 네덜란드 상인들은 아이러니하게도, 그들의 종교적 신념은 어떤 유혹이 있어도 끝까지 지키려고 했다. 하지만 만약 동인도회사의 활약이 없었다면 네덜란드는 계속 청어만 잡아 팔다가 일찍이 유럽에서 도태되고 말았을 것이다. 위기를 기회로 삼아 외부에서 살길을 찾았던 그들은 결국 바다를 건너 블루오션을 발견하였고, 다른 사람들이 상상도 하지 못한 세상을 보았으며, 그곳의 진귀한 물건을 가지고 화려하게 돌아왔다. 화려했던 네덜란드 황금시대의 유산이 암스테르담에서 쉽게 색이 바래지 않고 아직도 반짝이고 있는 것은 어찌 보면 당연한 걸지도 모른다.

5. 구두쇠들이 사랑한 튤립 | 트러스트

#검소함 #칼뱅주의 #튤립버블 #퀘켄호프

더치 승무원들이 한국에 오면 항상 사가는 선물이 있는데 바로 한국 화장품이다. 한국 화장품이 품질이 좋고 종류가 많은 데다 가격도 비싸지 않아 더치 승무원들 사이에서는 인기가 많다. 어떤 화장품이 좋은지 물어보려고 서비스가 끝난 후, 쉬는 시간에 종이와 펜을 들고 와 적어가는 승무원들도 있다. 자녀를 둔 더치 승무원은 한국 아이돌을 좋아하는 딸들 덕분에 한국 연예계에 관해 나보다 더 잘 안다. 나도 잘 모르는 한국 아이돌의 최근 근황을 알려줘서 덕분에 한국 연예계 최신 뉴스를 놓치지 않고 있다. 가끔 흘깃 핸드폰을 보면 사야 할 화장품 리스트가 빽빽하게 쓰여있고 돌아갈 때 보면 슈트케이스가 터질 만큼 한국 화장품이 빵빵하게 채워져 있다.

서비스가 끝나고 승객들이 다들 잠들어 조용한 시간, 갤리(비행기 안의 주방)에서 더치 승무원과 함께 이번 비행에서 뭘 샀는지 이야기를 나누었다. 역시나 화장품이길래 화장품 이야기를 하던 중 그녀가 파우치를 꺼냈다. 여자라면 세상에서 제일 궁금한 게 남의 화장품이기도 하고 또 한국에서 무슨 화장품을 샀는지 궁금하기도 해서 나도 한번 봐도 되냐고 물어봤다. 그랬더니 그녀가 엄청 자랑스러운 표정으로 하나하나 설명해 주었다.

"아, 이거는 미국에서 산 건데 정말 싼 거야. 10유로 줬어. 아 이 마스카라도 진짜 싸. 8유로도 안 주고 샀어. 그리고 이것도 싸. 이건 얼마인지 기억은 안 나는데 이것도 안 비싸."

"… 그럼, 여기서 젤 비싼 게 뭐야?"

보통 화장품이 어떻게, 또는 어디에 좋은지 이야기하기 마련이다. 얼마나 싸게 샀는지 자랑하는 사람은 우리 엄마만 있는 줄 알았다. 그런데 뿌듯한 표정으로 얼마나 자기가 물건을 싸게 샀는지 자랑하는 건 이 더치 승무원만이 아니었다. 나중에 알게 된 사실인데 더치 사람들은 물건을 살 때 가격을 꼼꼼히 따져보고 사는 편이라고 한다. 이 사실이 좀 재밌는 것 같아서 아시안 크루 담당 매니저에게 이 이야기를 했다. 그도 내 말을 듣고 웃더니 그의 생각에도 KLM 승무원들은 외국에서 비싼 물건이나 명품을 사는 편은 아니라고 말했다. 그는 자신의 경우 싼 물건을 많이 사지는 않고 비싸더라도 꼭 필요한지 생각해 보고 한번 물건을 사면 오래 사용한다고 말했다. 이러한 더치 사람들의 검소하고 소박한 면은 자주 볼 수 있었는데 알고 보니 그들의 검소함은 칼뱅주의의 영향에서 비롯된 것이라고 한다. 근면과 절약을 강조하는 칼뱅주의에 바탕을 둔 네덜란드에서는 쓸데없는 것을 사거나 사치스럽게 소비하는 것을 피하는 분위기가 있었다. 그래서 가격을 따지고 물건을 잘 사지 않는 모습을 보고 구두쇠 같다고 생각하는 사람들이 많다고 한다. 하지만 꼼꼼히 따져보는 소비 습관이 나쁘게 보이지 않고 허튼 데 돈 쓰지 않아서 합리적인 것 같다. 네덜란드 사람들이 캠핑을 좋아하는 이유도 거기에 있다. 더치 사람에게 휴가를 어떻게 보낼 건지 물어보면 '카라반(Caravan)'이라는 캠핑카에서 휴가를 보낼 계획이라는 답을 자주 들을 수 있었다. 캠핑 장비는 영구적으로 쓸 수 있어 경제적으로 쓸모가 많기 때문이다. 또 더치 사람들은 선물을 살 때 신중하게 고르고 적당한 가격선 안에서 선택한다. 자녀의 생일 파티도 검소하고 조촐하게 치르는 편이었다. 이러한 더치 사람들의 검소함을 알고 난 이후부터 나도 그들에게 선물할 때 비싼 물건보다는 상대가 부담스럽지 않은 선에서 어떤 선물을 해야 할지 고민하게 되었다.

칼뱅주의에서는 검소와 절약만을 강조하지 않는다. 암스테르담 거리를 걸으면 항상 창문의 커튼은 열려 있고 집안이 밖에서 훤히 보인다. 그래서 걷다 보면 집안 내부가 어떻게 생겼는지 나도 모르게 구경하게 된다. 그러다가 민망하게도 소파에서 편히 쉬고 있던 사람들과 눈이 마주쳐서 당황할 때도 있다. 할머니나 할아버지들이 혼자 텔레비전을 보고 있으면 혹시 혼자 사는 노인들을 노린 범죄가 있을까 봐 오지랖 넓게 걱정하기도 한다. 이렇게 커다란 창문에 커튼도 달지 않고 숨김없이 다 보여주는 이유도 청렴결백을 제일의 가치로 여기는 칼뱅주의의 영향이다. '나는 잘못한 일이 없으니 숨길 것도 없다'라는 투명하고 정직함을 강조하는 칼뱅주의는 네덜란드 집에도 영향을 끼쳤다.

칼뱅주의의 영향으로 네덜란드는 정직하고 검소와 절약을 중시하는 나라가 되었지만, 놀랍게도 꽃 한 송이로 인해 경제가 파탄 난 적이 있었다. 이 경제 위기는 인류 최초 자본주의 거품 경제 현상으로 이른바 '튤립 버블'이라고도 불린다. '튤립 버블'은 미국 경제 대공황을 초래한 검은 금요일보다 훨씬 심각했다고 한다.

튤립은 터키에서 유래하여 모래땅에도 잘 자라는 특성 덕분에 네덜란드 해안 지역을 중심으로 급속히 퍼지게 되었다고 한다. 우아한 자태와 환상적인 색깔을 지닌 튤립은 네덜란드 사람들의 마음을 사로잡았고, 사람들은 이 꽃을 보여주는 것으로 사회적 신분을 나타냈다. 칼뱅주의의 가르침 때문에 화려한 옷이나 금은보석으로 부를 과시할 수 없었던 부자들은 대신 자신의 정원에 화려한 튤립을 심었다. 실내에는 튤립을 장식하기 위해 중국에서 수입한 청화백자 화병을 샀다. 대부분의 청화백자 화병에는 대롱이 여러 개 달려 있는데 그 이유는 구멍마다 튤립을 하나씩 꽂기 위해서라고 한다.

그런데 악성 질병이 전국에 퍼져 한해 수확량의 절반이 넘는 튤립이 죽는 일이 벌어졌다. 바이러스에 살아남은 튤립의 경우에는 무늬가 생겼는데, 오히려 이를 희귀하다고 여겨 무늬가 있는 튤립의 가격이 더 오르게 되었다. 결국 튤립이 투기의 대상이 되면서 튤립의 알뿌리 가격이 천정부지로 치솟게 된다. 과열로 치솟던 알뿌리 가격은 비정상적으로 높아지다가 최종구매자가 나타나지 않았을 때 폭락하게 되었다. 이때 상황은 소설 『트러스트』의 미국 경제 대공황 이전에 발생

했던 주식 시장의 이야기와 비슷하다. 끊임없이 오르는 주식의 가격과 튤립의 가격을 보면 인간의 허영과 욕망에서 비롯됐다는 점에서 모양만 다르지 서로 닮아있다. 튤립은 17세기 네덜란드를 혼란에 빠뜨렸고 그 후 주식이라는 모습으로 다시 태어나 미국을 혼란에 빠뜨린 듯 하다.

봄이 오면 '쾨껀호프(Keukenhof)'라는 곳에서는 네덜란드 최대 규모의 튤립 박람회가 열린다. 쾨껀호프(Keukenhof)에서 'Keuken'은 네덜란드어로 '부엌'이라는 뜻인데 중세 귀족의 부엌이 있었던 곳이라고 한다. 많은 관광객이 아름답게 만개한 튤립을 보기 위해 이곳을 찾아오고, 세계 각지에서 온 바이어들도 개화한 튤립을 미리 보고 마음에 드는 튤립 알뿌리를 사기 위해 온다고 한다. 다양하고 생각지도 못한 신비로운 색을 뽐내는 튤립을 보면 왜 그 당시 네덜란드 사람들이 튤립의 매력에 푹 빠지게 되었는지 알 수 있다. 과거 튤립으로 인해 겪은 쓰라린 경험을 통해 더치 사람들은 튤립에 대한 욕망을 절제하는 대신 튤립으로 많은 이윤을 취하는 방법을 배운 것 같다.

Part 5

차가운 머리 뜨거운 심장을 가진 사람들

#안네프랑크   #하멜

#네덜란드 화가들   #하이네켄

네덜란드에는 폭풍이 몰아치는 차가운 현실을 있는 그대로 받아들이고 거침없이 나아가며, 따뜻하고 열정적인 마음을 가지고 자신의 삶을 개척한 사람들이 있다. 이들의 진취적인 정신은 사라지지 않고, 네덜란드 문화의 상징으로 영원히 남게 된다.

1. 그가 조선에서 탈출한 이유 | 하멜표류기

#헨드릭하멜   #하멜하우스   #호린험   #시골풍경

호린험(Gorinchem)에 가기로 한 날, 일기 예보는 오전에 비가 한바탕 내릴 거랬다. 네덜란드를 여행하면 비가 세차게 오다가 어느 순간 멈추고 해가 반짝이는 변덕스러운 날씨를 자주 겪게 된다. 사실 잔뜩 찌푸린 하늘과 비 예보가 있다면 호텔에 그냥 있는 게 최선이긴 하다. 그러나 방 안에 누워 있는데 얄밉게 구름 사이로 비추는 따스한 햇살이라도 보게 되면 알 수 없는 후회와 분노가 솟구치게 된다. 더 이상 네덜란드 날씨에 속지 않으리라고 다짐해도 항상 속는다.

호린험으로 바로 갈 수 있는 기차는 없고, 다른 역을 경유해야 했다. 위트레흐트(Utrecht) 역에서 버스를 타는 방법이 가장 빠르기에 위트레흐트로 가는 열차에 올랐다. 호린험으로 가는 버스를 타고 가는 도중, 창밖에 아기자기한 네덜란드 가옥과 함께 평화로운 시골 풍경이 펼쳐졌다. 갑자기 구름 사이로 햇빛이 스며 나오고 언덕 하나 없는 들판을 환하게 밝히기 시작했다. 한 줄기 빛이 천천히 초록색 들판을 황금빛으로 물드는 모습은 어느 한 폭의 네덜란드 풍경화 같다. 그 아름다운 광경을 보고 있자니 왜 네덜란드에는 빛의 화가들이 많은지 알 것 같았다.

다행히 호린험으로 가는 길에는 비가 멈추었고 낙엽이 폭신하게 쌓여 있어서 낙엽 냄새에 상쾌해지는 기분이었다. 붉고 노란 낙엽길이 빗물에 반짝이는데 걸어가는 길이 참 평화로웠다. 호린험 시내를 들어서면 그리 멀지 않은 곳에 하멜이 살던 집이 있다. 실물로 보니 지붕이 계단 형식으로 되어 있었고 암스테르담에서는 보기 드문 스타일의 집이었다.

하멜 박물관은 10분이면 충분하게 다 돌아볼 수 있을 정도로 작고 아담하다. 안타깝게도 박물관 직원분이 영어를 잘하는 분이 아니라 많은 질문은 할 수 없었다. 그래서 혼자 하멜이 남긴 물품을 보며 집안을 구경했다. 응접실을 지나 내부 전시실에는 호린험의 옛 모습이 담긴 지도가 있었다. 호린험은 마치 여의도와 같이 운하 위 떠 있는 작은 섬처럼 보였는데 한쪽은 내부 운하와 접해있고 다른 한쪽으로 바다로 연결되는 큰 운하와 접하고 있었다. 자세히 보니 호린험은 바다로 접근이 쉬운 곳에 있어서 옛날부터 크고 작은 배들이 도시를 지나갔었던 것 같다. 이 지도를 보고 있으니 왠지 헨드릭 하멜이 왜 일찍이 선원을 꿈꿨는지, 그 이유를 알 것 같았다. 또 이렇게 조그만 도시 출신 사람 덕분에 네덜란드와 한국 사이에 서로 인연이 생기다니 신기하다.

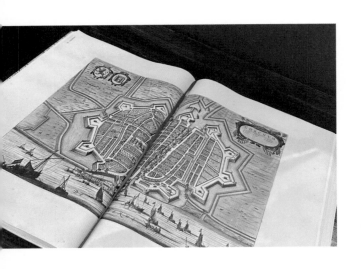

헨드릭 하멜은 네덜란드 동인도 회사(VOC) 직원이었다. 최종 목적지는 원래 일본 데지마 섬이었는데 가는 도중 폭풍우에 휘말려 제주도로 표류하게 된다. 처음 표류한 네덜란드 선원들은 일본으로 돌아가게 해달라고 조선 정부에 부탁했지만, 조선은 임진왜란 이후 일본과 외교 관계가 좋지 않았기에 그들을 돌려보내지 않았다. 하멜은 조선에서 13년을 보내고 가까스로 탈출하여 일본을 통해 네덜란드로 돌아온다. 하지만 동인도회사에서는 조선이라는 나라를 모르니 조선에 있었던 시기는 행방불명 처리되어서 하멜에게 그동안의 월급을 줄 수 없다고 했단다. 그래서 회사로부터 그동안 밀린 월급을 받기 위해 쓴 보고서가 바로 『하멜표류기』이다. 이후 이 책은 네덜란드에서 베스트셀러가 되었고 동인도회사는 다행히 그동안 밀린 월급을 하멜에게 지급했다.

『하멜 표류기』를 읽어보면 하멜은 치밀하고 꼼꼼한 전형적인 계획형인 더치 사람이었다. 나라에서 정한 부역을 하는 와중에도 탈출할 때 필요한 배를 사기 위해 부역이 끝나고 남는 시간에 일을 하며 조선에서 참 열심히 살았다. 돈벌이가 좋지 않으면 구걸이라도 해서 돈을 악착같이 모았는데 이런 점을 보면 네덜란드 동인도회사 직원들의 생활력은 남다른 것 같다. 동인도회사 직원이 되려면 다른 사람들과 차별된 특별한 정신력과 끈기가 필요한 게 분명하다. 식량이 모자라서 굶어야 할 때는 관가로 가서 쌀을 더 달라고 시위하는데 '더치 사람들이 대놓고 불평하는 건 예나 지금이나 똑같구나.'라는 생각이 들었다. 불만이 있으면 적극적으로 항의하는 네덜란드 사람들의 특성은 하멜이 살던 시대나 지금이나 똑같다.

나는 사실 『하멜 표류기』를 읽으면서 하멜보다 26년 전에 조선에 먼저 표류한 '벨테브레이(한국명 박연)'라는 사람이 더 흥미로웠다. 벨테브레이(Weltevree)는 조선에 완벽히 적응하여 병자호란에도 참전하였고 조선인들도 그를 조선 사람이라고 생각했다. 벨테브레이는 조선에 정착해 새로운 삶을 살기로 했고 네덜란드로 돌아갈 생각이 전혀 없었다고 한다. 그에 반해 하멜은 13년의 조선 체류 동안 고향을 잊지 않고 수많은 고생을 하며 두 번의 시도 끝에 탈출한다. 두 사람의 운명은 시작은 비슷했지만, 결국 다른 방향으로 흘러간 셈이다.

하멜 박물관을 나서니 멀리서 교회 종소리가 들리고 바닥에 고인 물들이 햇빛에 반사되어 길이 반짝반짝했다. 반짝거리는 길을 따라 쭉 걸어가니 항구가 나왔는데 바다처럼 보이지만 바다는 아니었고 지도에서 보던 바다와 연결된 그 운하였다. 이 운하는 밖으로는 네덜란드의 항구 도시 '로테르담'과 연결되어 있고 안으로는 네덜란드 내륙 안쪽 깊숙이 혈관처럼 뻗어있는 다른 운하들과 연결되어 있다. 이렇게 보면 네덜란드는 하나의 땅덩어리가 아니라 마치 크고 작은 독립적인 섬들이 모여있는 곳 같다. 배만 있다면 자유롭게 가고 싶은 곳을 갈 수 있으니 '더치 사람들에게 네덜란드는 자유의 땅이 아닐까?'라는 생각이 문득 들었다.

호린험 시내를 천천히 둘러보며 걷다 보니 하멜이 고향에 필사적으로 돌아가려 했던 이유를 알 것 같았다. 이 도시에는 뭔가 편안하고 좋은 느낌이 있고 마음만 먹으면 바깥세상으로 언제든지 떠날 수 있으니 자유롭다. 아마 조선에서의 삶이 편했더라도 하멜은 호린험과 네덜란드의 자유로움을 잊기 힘들었을 것 같다. 무덤 속 잠들어 있는 하멜이 혹시 이 말을 들으면 뭐라고 생각할지 모르겠다.

하멜의 고향에 와서 그가 조선에서 느낀 고국에 대한 향수를 이해할 수 있게 되다니, 이건 나도 예상치 못했던 우연이었다.

2. 암스테르담의 작은 거인 | 안네의 일기, 말 없는 자들의 목소리

#부커카스트　#안네하우스　#유대인학살　#조선인학살

보잉 787-300 비행기에는 특별한 작은 갤리가 하나 있다. 이 갤리는 '부커카스트(boekenkast)'라는 별명이 있는데 네덜란드 말로는 '책장'이라는 뜻이다. 갤리 한쪽 면이 책장처럼 보여서 '부커카스트'라고 부른다는 사람도 있고 안네 프랑크가 숨어 있던 공간을 가리고 있던 책장처럼 생겨서 그렇게 부른다고도 한다. 누구의 이야기가 맞는지 모르겠지만, 두 명의 승무원이 있기에는 너무 좁고 승객 좌석과도 가까워서 시끄럽지 않도록 목소리도 낮춰야 한다. 비행기에서 유일하게 묵언 수행하기에 안성맞춤인 곳이며, 비밀스러운 공간이기도 하다.

네덜란드에는 아직도 아우슈비츠에서 사랑하는 가족을 잃었던 유대인들이 살고 있다. 그리고 아우슈비츠에서 목숨을 잃은 유대인들은 그들의 이웃과 가족들의 기억 속에 살아 있다. 네덜란드에서 거리를 걷다 보면 몇몇 집 앞 현관 바닥에 붙은 작은 정사각형 금속판을 발견할 수 있다. 금속판에는 한때 그 건물에 살았던 유대인에 관한 정보가 있는데 해당 유대인의 이름과 생년월일, 그가 언제 어디로 끌려가 생을 마감했는지에 대해 적혀있다. 이렇게 네덜란드에는 오래

전 안타깝게 목숨을 잃은 유대인의 흔적이 거리 곳곳에 사라지지 않고 영원히 남아 있었다.

안네 하우스는 그녀의 아버지가 운영하던 젤리 공장의 사무실과 창고로 사용된 집이다. 안네의 집은 집안 벽 뒤에 있던 비밀공간이었기 때문에 '뒤에 숨겨져 있는 집'이라는 뜻의 'Het Achterhuis(헤트 아흐터하위스)'라고도 불린다.

『The diary of Anne Frank(안네의 일기)』의 무삭제판을 읽어보면, 안네가 우리가 알던 연약한 소녀가 아니라는 것을 알 수 있다. 자기주장이 강하고 독립적인 성격으로 주변 어른들과 부딪히는 일이 많은 평범한 사춘기 소녀였다. 그런 사춘기 소녀가 질풍노도의 시기를 벽장 뒤 좁은 공간에서 보내야만 했으니, 갑갑할 수밖에 없었을 것이다. 하지만 그런 고집불통 안네 또한 시간이 지나면서 조금씩 변하게 된다. 안네는 삶과 죽음이 종이 한 장 차이로 갈리게 되는 것을 안 후, 삶과 죽음에 대해 생각한다. 죽었는지 살았는지 모를 옛 친구를 떠올리며 자신만이 살아있다는 사실로 인해 죄책감에 시달리기도 한다. 일기의 후반부에는 자유에 대한 갈증과 남에게 의지하지 않도록 독립적으로 살고자 다짐하는 내용이 있다. 보통 사람들은 전쟁을 겪으면 불안과 두려움에 약해지지만, 안네 같은 아이들은 혼자 강해지는 법을 스스로 터득하는가 보다.

안네 하우스에 가면 안네와 함께 살던 사람들의 공간을 둘러볼 수 있다. 안네는 나중에 '프리츠'라고 하는 남성과 같이 지내는데, 그녀의 방은 예민한 10대 소녀가 어른 남성과 함께 쓰기에 너무 좁아 보였다. 일기에서 왜 안네가 엄청난 스트레스를 받아서 감정을 주체할 수 없었는지 충분히 이해되었다. 안네의 방에 방문한 사람들이 움직일 때마다 나무 바닥에서 삐걱거리는 소리가 끊임없이 들렸다. 과거 8명이나 되는 사람이 마룻바닥에서 나는 소리를 내지 않으려 신경을 곤두세우고 살아야 했으니 자유로운 바깥 세계에 대한 그리움이 얼마나 깊었을지 상상할 수 있었다.

안네 하우스의 아래층에는 그녀의 가족에 대한 기록과 네덜란드에 살았던 다른 유대인에 관한 역사적 증거들이 전시되어 있었다. 세상에서 유대인들의 존재를 지우고자 했던 나치의 증거와 기록을 보면 그들이 유대인을 향해 가졌던 알 수 없는 증오를 엿볼 수 있다. 유대인들은 반란을 일으키지도, 피해도 주지 않고 성실하게 살아온 사람들인데 무엇이 그들의 눈에 거슬렸을까. 이러한 '알 수 없는 미움'을 다른 이야기에서 느껴 본 적이 있다. 바로 소설『말 없는 자들의 목소리』에서였다. 이 소설은 관동 대지진으로 이성을 잃은 일본인들이 조선인들을 학살했던 역사를 바탕으로 하였다. 그당시 일본인들은 일본에서 일하는 조선인들에 대하여 설명할 수 없는 불편함과 미움을 가지고 있었다. 타인에 대한 미움 그리고 대량 학살이라는 점에서 이 두 사건은 서로 많이 닮았다는 생각이 든다.

안네 하우스를 나오면서 네덜란드가 왜 자유와 관용을 강조하는지 조금은 이해할 수 있었다. 네덜란드 사람들은 그들과 함께 살던 이웃이자 친구였던 수많은 유대인의 죽음을 목격했다. 만약 그 끔찍한 역사가 자신들에게 일어났다면 어땠을지 생각했을 테고, 자유와 관용의 필요와 소중함을 다시한번 마음속에 되새겼을 것이다. 당시 유대인들을 잡아서 나치에게 넘긴 사람들은 네덜란드 사람들이었고 유대인의 아우슈비츠행에 적극적으로 협력한 사람들도 네덜란드 사람들이었다고 한다. 전쟁 후, 그들은 과거에 대한 깊은 반성과 후회를 안고 그들이 앞으로 무엇을 해야 할지 고민했다. 죽음의 문턱에서 기적적으로 살아서 돌아온 네덜란드 유대인들의 남은 생이 타인의 미움에 더 이상 짓밟히지 않도록 자유와 관용의 정신을 더욱더 소중히 여겼을 것이다. 네덜란드 사람들에게 자유와 관용은 과거 자신들의 과거를 반성하고 유대인들의 죽음이 더 이상 헛되지 않도록 지켜야 할 소중한 가치였다.

3. 인생은 한바탕 꿈 | 자화상의 심리학

#자화상   #렘브란트 하우스   #나이트워치   #일장춘몽

네덜란드 국립미술관의 작품들을 보면 17세기 가장 잘나가던 더치 사람들의 인스타그램 게시물을 보는 것 같다. 네덜란드의 황금시대를 상징하는 이 미술관은 해상무역으로 부를 축적한 유명 더치 상인들의 초상화, 풍속화 그리고 정물화가 가득하다. 칼뱅주의가 뿌리 깊게 자리 잡은 네덜란드에서는 가톨릭의 성상 공경을 우상숭배로 보았기 때문에 정물화나 풍속화가 인기였다고 한다. 특히 네덜란드 정물화는 보면 사진인지 그림인지 헷갈릴 정도로 사실적이다.

국립미술관에는 해군 전함이나 배를 그린 그림도 많다. 스페인의 식민지였던 네덜란드는 가톨릭 국가인 스페인의 지배에서 벗어나기 위해 기나긴 전쟁을 치렀다. 무역에 사활을 건 이유도 많은 돈이 드는 전쟁 비용을 대기 위해서였다. 스페인의 지배하에서 벗어난 후, 네덜란드의 황금시대는 시작된다. 아마 배가 없었다면 독립도, 네덜란드의 황금시대도 결코 오지 못했을 것이다. 네덜란드 국립미술관에서 볼 수 있는 크고 작은 배 모형이나 그림들은 17세기 네덜란드 사람들의 도전과 진취성의 상징이라 볼 수 있다.

‐ Adriaen van Utrecht,
〈Banquet Still Life〉, 1644년,
암스테르담 국립미술관

Rembrandt van Rijn,
〈The Night Watch〉, 1642년,
암스테르담 국립미술관

2층 중앙 글라스 안에 전시된 렘브란트의 「나이트 워치(The Night Watch)」는 네덜란드 국립미술관이 보유한 유명 작품 중 하나이다. 유명하다고 해서 보러 갔는데 직접 보고 나니 이 작품이 왜 네덜란드에서 중요한 작품인지 궁금해졌다.

「나이트 워치」는 암스테르담을 수비하는 시민들로 구성된 '민병대'를 뜻한다. 왕과 귀족이 군대를 소유하고 있었기에 왕권이 강했던 유럽의 다른 나라와 달리, 네덜란드는 그 지역에 살고 있는 시민들이 직접 도시를 지켰다. 이 점이 그 당시 유럽 사회와 차별되는 네덜란드 사회의 특징인데, 네덜란드에서는 시민의 힘이 강했다는 뜻이다. 따라서 이러한 자주적이고 독립적인 민병대의 일원이 되는 것은 영예로운 일이었다. 이걸 임진왜란 당시 왜구로부터 마을을 지켜낸 우리 조상들의 단체 초상화라고 상상해 보니 네덜란드 사람들에게 이 그림이 가진 가치가 얼마나 큰지 알 것 같았다.

「나이트 워치」의 양쪽 벽에는 다른 단체 초상화가 전시되어 있는데, 「나이트 워치」에 비하면 마치 학교 졸업 사진처럼 인물들이 뻣뻣해 보인다. 그에 반해 「나이트 워치」의 인물들은 마치 영화의 스틸 컷처럼 생동감이 느껴진다. 「나이트 워치」는 출동하는 민병대원들의 움직이는 순간이 사실적으로 느껴질 정도로 세련된 연출력이 돋보이는 작품이지만, 그 당시 사람들이 보기에는 시대를 너무 앞서 나간 듯하다. 어딘가 왠지 어두침침해 보여 불길한데, 렘브란트의 인생은 이 그림을 그린 이후로 내리막길을 타게 되었다고 한다. 그런데 이 그림이 가진 시대를 앞선 작품성이 문제가 아니었다. 진짜 문제는 작품 속에서 누구는 돋보이고 누구는 얼굴도 잘 보이지 않는다는 점이었다. 당시 작품을 의뢰한 사람들은 그림에 대한 비용을 더치페이하기로 했었다. 그런데 누구는 돋보이고 누구는 얼굴도 보이지 않으니, 의뢰인들이 불만을 터트린 건 당연했다. 실제로 직접 그림을 보면 누구나 이건 렘브란트의 잘못이라고 생각될 할 정도로 인물 배치의 불균형이 심하긴 하다.

네덜란드 국립미술관을 나와 내친김에 렘브란트가 실제로 살았던 집으로 갔다. 렘브란트 박물관으로 가는 길에 추적추적 비가 내리기 시작했고 잿빛 하늘 아래 도착한 렘브란트의 집은 왠지 암울한 분위기가 풍겼다. 렘브란트의 집은 당시 암스테르담에서 가장 집값이 비싼 집이었다고 한다. 이 집을 샀을 때 렘브란트는 화가로서의 명성이 높았고 인기도 많았

는데, 「나이트 워치」 이후로 재정 상황이 나빠져 눈물을 머금고 이 집을 팔아야 했다고 한다.

비록 집 일부만 대중에게 공개되었지만, 일부만 봐도 렘브란트가 과거 얼마나 부유한 생활을 했었는지 충분히 알 수 있다. 화가로서 성공한 후, 막대한 부를 손에 쥔 렘브란트는 진귀하고 희귀한 물품을 수집하는 취미를 가졌다고 한다. 렘브란트 박물관에는 당시 렘브란트가 수집한 물건이 전시되어 있는데 당시 희귀했던 열대 지방 동물의 뼈나 로마 시대에 만들어진 것으로 보이는 골동품들이 있었다.

렘브란트는 자수성가한 화가이다. 레이든의 가난한 방앗간 집 아들로 태어나 밑바닥부터 시작해 뛰어난 능력만으로 부와 명예를 손에 넣었다. 이후 부잣집 여성과 결혼하여 처가의 경제력으로 인해 완전한 경제적 자유를 얻게 된다. 그래서 렘브란트는 돈에 구애받지 않고 예술가로서 자유롭게 자신의 작품세계에 몰두할 수 있었던 것 같다. 그래서 고객 취향에 맞추기보다는 자신의 예술적 주관을 고집했던 것으로 보인다. 의뢰인의 입장은 전혀 고려하지 않고 「나이트 워치」를 그린 이유도 아무래도 예술가로서의 강한 자신감과 더불어 경제적 여유가 뒷받침되었기 때문이었을 것이다.

렘브란트는 내가 국립미술관에서 본 사실적인 정물화나 풍경화와 같은 그림을 그리지 않았다. 자기 스타일이 뚜렷한 작품들을 많이 남겼는데 현대인의 눈에도 느껴지는 세련되고 극적인 연출이 보인다. 렘브란트의 그림을 자세히 보면 붓질로 색의 질감이 느껴지기도 하고 빛과 그림자의 극적인 효과로 마치 영화의 한 장면처럼 보이기도 한다. 그 당시 유행하던 화풍처럼 사실적이지 않지만, 그의 그림에서는 그의 감정과 느낌이 전달되어서인지 특별하게 느껴진다.

렘브란트의 집 2층에는 그가 20대 청년에서 60대 노인이 되기까지 그린 자화상과 각 자화상의 제작 시기에 대한 설명이 있다. 요즘 시대에 태어났다면 렘브란트는 핸드폰으로 하루에 수십 번 자기 모습을 찍어서 사진으로 남겼을 것이다. 몇 초 만에 완성되는 사진에 비해 그림은 오랜 시간을 들여서 그려야 했을 텐데, 시간이 흐름에 따라 점점 변하는 자신을 보며 렘브란트는 무슨 생각을 했을지 궁금했다.

나뿐만 아니라 심리학자들도 이러한 렘브란트의 심리에 대하여 궁금했던 모양이다. 『자화상의 심리학』을 보면 렘브란트의 자화상을 나이순대로 나열했을 때, 예술가적 자기 확신, 교만, 자아 분열, 그리고 마지막에는 전부 내려놓고 달관에 이른 듯한 모습까지, 이러한 심리적 변화가 일어났음을 자화상을 통해 고스란히 느낄 수 있다고 한다. 자화상을 즐겨 그린 것은 화가의 자기애가 강했음을 의미하기도 하지만, 명예가 퇴락하고 젊음의 생기가 사라져 가는 자신을 그대로 인정하고 감싸 안는 자기 치료의 과정이기도 했다. 각자화상 속 렘브란트의 눈을 보면 불안감, 자신감, 체념 그리고 욕망 등 수많은 감정이 서려 있다. 특히 노년의 자화상에서는 고통스러운 삶을 받아들인 듯한 표정을 짓고 있는데,

마치 어찌할 도리 없이 찾아오는 삶의 고통을 상상이나 해봤냐고 묻듯이 우리를 바라보고 있다. 렘브란트가 인생의 절정 이후 전부를 잃고 자화상을 그리며 무슨 생각을 했을지는 알 수 없다. 우리도 서로 경험의 깊이가 다르므로 그의 자화상을 보면 느끼는 점도 저마다 다를 것이다.

　문을 열고 렘브란트 미술관을 나서려니 밖은 어느새 깜깜해졌고 예상치 못한 비바람이 불고 있었다. 잠시나마 렘브란트의 집에서 따뜻하게 머물렀던 시간이 마치 꿈같이 느껴졌고 머릿속에 '인생은 일장춘몽'이라는 말이 갑자기 떠올랐다. 그런 생각을 하던 사이, 렘브란트의 영광스러운 과거가 비바람에 날려 사라졌는지 나의 의식은 현실로 돌아왔다. 우산이 없다는 것을 깨닫자 어떻게 추위에 떨지 않고 호텔에 돌아가야 하나 걱정이 들었다. 예상치 못한 상황에서는 어쩔 도리가 없으니, 걱정은 잠시 접어두고 최대한 비를 피해 가까운 역을 향해 온 힘을 다해 달렸다.

– Rembrandt van Rijn,
〈Self–portrait as the Apostle Paul〉,
1661년, 암스테르담 국립미술관

– Johannes Vermeer, 〈View of Houses in Delft, Known as 'The Little Street'〉,1658년,
   암스테르담 국립미술관

세계 2차 대전 시절 「진주 귀걸이를 한 소녀」의 '요하네스 페르메이르'의 작품으로 추정되는 작품 한 점이 발견되었다. 페르메이르는 다작을 남긴 화가가 아니어서 그의 작품이 맞다면 그것은 엄청난 발견이었다. 전쟁이 끝난 후, 한 더치 미술상이 나치에게 이 국보급 작품을 팔았다는 혐의로 체포된다. 그 당시 나치에게 국가 보물급 미술 작품을 판 것은 사형선고를 받을 만큼 중대한 범죄였다. 그런데 이 그림을 판 미술상의 증언이 세상을 뒤집는다. 그가 나치에게 판 페르메이르의 작품은 사실 자신이 그린 것이라고 고백한 것이다. 이렇게 모두를 완벽하게 속인 더치 미술상은 '한 반 메이허런(Han van Meegeren)'이었다.

페르메이르는 빛에 대한 이해와 적용이 남다른 화가였기에 그가 어떻게 페르메이르의 작품을 따라 그린 건지 신기하다. 『I was Vermeer』라는 책을 보면, 그가 사람들을 속이기 위해 얼마나 치밀하게 연구했는지 알 수 있다. 사실 이 또한 그림에 대한 천부적인 재능이 있었기에 가능한 일이었다. 하지만 개인적으로는 모두를 속인 사람도 잘못했지만, 그가 그린 위조 작품에 속은 사람에게도 잘못이 있다는 생각이 든다. 그의 위조 작품을 본 사람 중 의심한 사람이 있을 법한데도 그들이 페르메이르의 작품이라 믿었던 이유는 사람에게 보고 싶은 것만 보려는 심리가 있었기에 가능했던 게 아닐까. 이 천재 사기꾼이 이러한 사람들의 심리를 정확히 꿰뚫었기에 모두 속을 수밖에 없었던 게 아닌가 싶다.

페르메이르는 살아생전 델프트를 벗어난 적이 없다고 한다. 그럼에도 페르메이르에 대한 기록이 거의 남아 있지 않아서 개인적인 삶에 대해 정확하게 알려진 바가 없다. 이 수수께끼 화가는 이 사기꾼의 위조로 더 유명해졌지만, 다른 수수께끼로도 유명하다. 바로 페르메이르의 작품 「The little house」 속 집에 대한 수수께끼이다. 「The little house」 작품 속 집은 페르메이르가 태어난 골목에 있던 집이라고 알려져 있다. 아쉽게도 옛날 델프트에 큰 화재가 일어났을 당시, 이 집 또한 그 화재에 휩쓸렸기에 현재는 남아 있지 않았다. 우리 눈에는 비슷비슷해 보이는 평범한 네덜란드 집인 것 같은데, 사실 15세기와 16세기에 지어진 네덜란드 건축 양식에 차이점이 많다고 한다. 그래서 이 작품의 집을 보고 페르메이르가 살던 집이 언제 지어졌으며 어디에 있었을지 궁금해하는 더치 사람들이 많았다고 한다.

그리하여 '진짜 페르메이르의 집 찾기 프로젝트'가 시작되었다. 먼저 델프트 공과 대학에서는 수년간 델프트에 있는 모든 가옥 모양을 조사한 끝에 어느 허물어 가는 집을 주목했다. 그리고 이 집의 모양과 집 안 구조물의 연대를 측정해 보니 페르메이르의 「The little house」의 집과 유사한 점이 많았다고 한다. 그런데도 여전히 미심쩍은 부분이 많아서 논란이 끊이지 않았는데 암스테르담의 한 역사학 교수가 오랜 논란의 마침표를 찍었다. 그는 그림 속의 집의 너비를 계산한 후 1667년부터 기록된 델프트의 세금 자료를 모두 조사하였다. 왜냐하면 옛날 네덜란드는 집의 정면 넓이에 따라 세금을 부과했기 때문이었다. 다행히 정확한 세금 징수를 위해서 그 당시 델프트에 있던 모든 가옥의 정면 넓이가 기록으로 남아 있었다. 이 사실을 알았을 때 한국인으로서 소득이 높으면 큰 집에 살고 적으면 작은집에 산다는 사실이 처음에는 서글프긴 했지만, 나중에는 오히려 합리적인 세금 계산법이라고 생각하게 되었다. 합리적이고 실리적인 방향을 추구하는 네덜란드의 정책은 과거에도 있었고 이렇게 세금을 부과하는 방식에서 흔적을 찾을 수 있다. 마침내 암스테르담 역사학 교수는 이 세금 기록을 일일이 대조하여 그림 속 집과 조건과 맞는 집을 찾았다. 그런데 해당 가옥의 소유주에 대한 기록을 보니 놀랍게도 페르메이르의 친척 이름이 나왔다고 한다.

이렇게 「The little house」의 집의 수수께끼는 네덜란드의 세금 기록 덕분에 극적으로 풀렸다. 하지만 그의 개인적인 삶은 여전히 안개 속에 가려져 있으며 가장 풀기 어려운 큰 수수께끼로 남아 있다. 비록 그의 개인적인 삶에 대해 알 수는 없지만 우리는 그가 남긴 작품을 통하여 16세기 대항해 시대 이후 네덜란드가 어떠했는지 짐작해 볼 수 있다. 페르메이르가 살던 시기는 스페인과의 전쟁이 끝난 후, 가톨릭에서 칼뱅주의로, 무역으로 부를 축적하게 되던 격변의 시대였다. 그의 작품 속에는 당시 시대의 흐름을 따라 변화하는 사람들의 일상적인 생활이 고스란히 담겨있다. 「우유를 따르는 하녀」에서는 중국의 청화백자, 「장교와 웃는 소녀」에서 소녀의 뒤에 있는 세계지도 속 신대륙이 그 변화의 증거이다. 신기하게도 델프트를 벗어난 적이 없는 이 천재 화가는 그가 가보지 않은 새로운 세계를 이미 경험하고 있었다. 그가 자기의 개인 삶에 대해 아무것도 남기지 않은 대신 세상의 세세한 변화를 놓치지 않고 그의 작품에 남긴 이유는 무엇인지 아무도 모른다. 아마도 페르메이르는 '델프트의 스핑크스'로 영원히 남아 언젠가 우리에게 또 다른 수수께끼를 던져 줄지도 모르겠다.

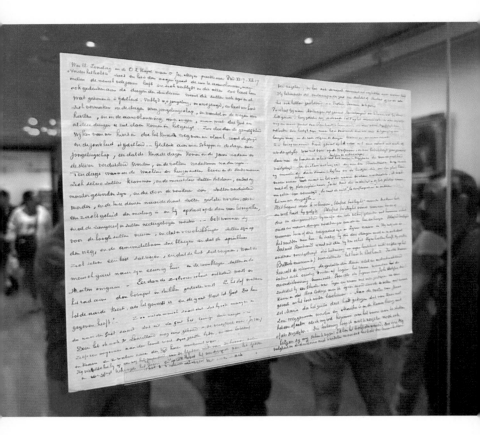

네덜란드는 사방이 물로 둘러싸여 있고 땅이 해수면보다 낮아서 추운 겨울에 기온이 내려가면 공기 중 수분도 같이 얼어붙는다. 그래서 마치 냉동고 안 냉동 보관된 생선처럼 사람도 밖에 나가면 똑같이 얼어붙는 느낌이다. 이러한 추위를 네덜란드 말로 '바터르까우트(waterkoud)'라고 부른다. 만약 겨울에 네덜란드를 여행하게 된다면 따뜻한 미술관이나 박물관에서 다양한 네덜란드 예술가들의 작품을 감상하며 시간을 보내는 편이 합리적일 수 있다.

추운 네덜란드의 겨울에 우리의 얼어붙은 몸과 마음을 따뜻하게 해줄 미술관을 꼽자면 당연히 반 고흐 미술관이다. 반 고흐 미술관에서는 우리나라 사람들도 잘 아는 「해바라기」와 「아몬드 나무」를 볼 수 있다. 반 고흐가 정신병원에 입원하여 우울한 나날들을 보내던 중, 조카가 태어났다는 소식을 들었을 때 주체할 수 없는 기쁜 마음으로 그린 그림이 바로 「아몬드 나무」이다. 「아몬드 나무」는 개인적으로 참 좋아하는 작품인데 파란 하늘을 배경으로 가냘프고 작지만 아름답게 꽃을 피운 아몬드 나무를 보면 오히려 강인한 생명력과 기쁨이 느껴져 반고흐가 이 당시 우울증을 앓았다는 사실이 믿어지지 않는다. 네덜란드의 겨울이 아무리 매서울지라도 반 고흐의 작품 속에 나타난 생명력과 희망의 색채를 보게 된다면 자연스럽게 몸과 마음이 따뜻해지는 경험을 하게 될 것이다.

반 고흐 미술관 3층 전시실 중앙에는 한 통의 편지가 있다. 깨알 같은 글씨로 빈틈없이 적힌 이 편지는 반 고흐가 그의 동생 테오에게 보낸 편지라고 한다. 살아있는 동안 반 고흐는 동생과 수많은 편지를 주고받았다고 하는데 이 한 통의 편지에는 무슨 내용이 쓰여 있는지 궁금했다.

『빈센트 반 고흐―영혼의 그림과 편지들』은 반 고흐 탄생 170주년을 기념으로 출판된 책인데, 그가 쓴 수십 통의 편지와 그림이 함께 실려 있다. 초창기 반 고흐의 편지를 읽어보면 그가 처음 화가가 되기로 결심한 순간부터 얼마나 진지하게 작품 하나하나에 몰두했는지 알 수 있다. 반 고흐는 객관적으로 남들과 비교했을 때 부족한 자신의 실력을 인정했고, 낙담하기보다는 열심히 연습해서 언젠가 자신의 실력으로 떳떳하게 살아가고 싶어 했다. 더불어 그는 자신이 어디에 도움이 될지, 어떻게 유용한 사람이 될 수 있을지 끊임없이 고민했다.

"나는 어디에 도움이 될까, 어떻게든 누구에게든 도움이 되고 유용
한 사람이 될 수 있을까? 어떻게 하면 이런저런 지식을 더 많이 더
깊이 알 수 있을까?"

빈센트 반 고흐, 『빈센트 반 고흐-영혼의 그림과 편지들』 중에서

반 고흐가 남들에게 인정받지 못해서 우울증에 시달렸다
고 알려져 있는데, 동생 테오에게 쓴 편지를 읽어보면 꼭 그
렇지 않은 것 같다. 반 고흐는 세상의 냉정한 평가에 아랑곳
하지 않고 긍정적으로 살려고 노력했다. 무엇보다 반 고흐는
다른 사람에게 도움이 되는 존재가 되고 싶어서 그림을 그린
다고 했던, 매우 이타적인 사람이었다. 고흐의 이러한 인간
적인 면과 노력의 흔적은 편지 곳곳에서 발견할 수 있다. 열
정만큼 실력이 늘지 않아 좌절하기도 했지만, 자신이 왜 그
림을 그리려고 하는지 잊지 않고 끝까지 포기하지 않는다.

"예술에서의 모든 시도는 존중되어야 해. 다 안 될 수도 있고 애초에
목적했던 것과 다른 결과를 맞을 수도 있지만, 어떻게든 용기를 내

고 다시 일어나는 게 중요해."

빈센트 반 고흐, 『빈센트 반 고흐-영혼의 그림과 편지들』 중에서

만약 열심히 노력했음에도 원하던 결과가 나오지 않았던 적이 있다면 고흐가 무슨 말을 하려는지 알 것이다. 한때 나는 커피에 열정을 가지고 몰두한 경험이 있다. 커피에 대한 전문적인 지식을 쌓기 위해 1년이 조금 넘는 시간 동안 노력을 기울였지만, 장기적으로 보았을 때 그 길은 나의 길이 아님을 깨닫고 포기했다. 그 후 그때를 떠올리면 쓸데없는 일에 시간을 낭비한 것 같아 자책과 후회의 감정이 들곤 했다. 하지만 반 고흐의 편지 중 그가 예술에 대한 모든 시도가 존중되어야 한다고 말하는 부분이 나에게 큰 위로를 주었다. 살면서 내가 예상하지 못한 어떤 결과가 일어나더라도 '반 고흐라면 내가 했던 모든 시도와 노력을 존중하지 않을까?'라는 생각이 들었다.

빈센트 반 고흐는 우리가 놓치기 쉬운 일상의 작은 것들을 표현하려 애쓴 화가이다. 이것이 내가 다른 화가들에 비해 반 고흐가 특별하다고 생각하는 이유이다. 반 고흐는 평범한

사람들의 흔한 일상 속 아름다움을 놓치지 않고 자신의 캔버스에 담았다. 세심하게 보지 않으면 무심코 지나칠 장면도 그에게는 특별한 순간으로 다가왔다. 우리는 반 고흐의 작품을 통해 남들은 그냥 지나쳤을 법한 평범한 일상 속 사람들을, 긴 시간이 흐른 오늘날에도 만날 수 있다. 그의 작품 「감자 먹는 사람들」을 통해 반 고흐는 그가 만난 평범한 사람들의 지친 고단한 삶에서 발견한 노동의 가치가 얼마나 위대한지 우리에게 보여준다.

"내가 「감자 먹는 사람들」에서 정말로 보여주고 싶었던 건, 램프 불빛 아래에서 집어먹는 감자가 바로 그들의 손으로 땅을 일구고 수확해서 식탁에 차린 것이라는 사실이었어."

빈센트 반 고흐, 『빈센트 반 고흐-영혼의 그림과 편지들』 중에서

반 고흐의 작품에 나오는 다양한 색채들도 그가 평범한 일상에서 세심하게 관찰하여 찾아낸 색이다. 그저 스쳐 지나갈 작은 일상마저도 반 고흐의 시선을 거치게 되면 그의 예술 세계 안에서 아름답게 드러난다. 반 고흐는 자신의 주변 사람들과 자연 풍경을 가볍게 보지 않았고 자신이 아는 가장 아름다운 색으로 표현했다. 너무 평범해서 우리 눈에 전혀 띄지 않는 일상의 아름다움을 반 고흐는 놓치지 않고 다채롭고 풍부한 색을 통해 다시 보여준다. 반 고흐가 그저 평범한 의자, 자기 방안의 침대 또는 평소 자주 만나는 이웃들을 그린 이유는 남들이 미처 보지 못한 평범한 일상의 소중함과 아름다움을 보여주고 싶었기 때문이다. 그래서 반 고흐의 작품을 보고 난 후, 다시 일상으로 돌아오면 당연하다고 생각했던 소중한 것들에 눈이 가게 된다. 빈센트 반 고흐가 화가가 되어 남들에게 도움이 되고 싶었다는 말은 어쩌면 우리가 잊기 쉬운 작고 소중한 일상을 깨닫게 해주고 싶어서이지 않았을까.

6. 하이네켄의 시간 | 호로요이의 시간

#하이네켄   #생맥주   #하이네켄체험관   #헤라르트 하이네켄

『호로요이의 시간』은 5명의 일본 여성 작가들이 술을 소재로 쓴 단편 소설집이다. '호로요이'라는 말은 일본어로 '살짝 취한'이라는 뜻인데, 술 마시는 여성들의 일상을 담금주와 사케에 빗대어 썼다. 이 책을 읽으면 향긋한 술 냄새가 느껴지고 살짝 취기가 도는 느낌이 든다.

책에 실린 단편 중 하나인 「양조학과 우이치」는 전통 양조장 집 딸 '코하루'의 이야기이다. 농대 양조학과에 입학한 코하루는 기숙사에서 육촌인 '우이치'를 만나게 된다. 사실 그들의 할아버지들은 형제지간인데 오래전 서로 크게 다퉈 사이가 멀어졌다. 이후 우이치의 할아버지는 따로 독립하여 양조장을 차리게 되고 두 집안의 사이는 더욱더 험악해진다. 그날 밤, 오랜만에 만난 이 두 사람은 코하루 집안의 전통 사케인 '달의 연주'와 우이치 집안의 대표 사케인 '달의 비'를 마시면서 어두컴컴한 캠퍼스를 함께 돌아다닌다. 양조장에 대한 확신이 없던 코하루는 우이치와 허심탄회하게 이야기를 나눈 그날 밤, '달의 연주'를 마시며 양조장을 잇는다는 부담감에서 벗어난다.

「양조학과 유이치」에서 양조장을 물려받는 일로 고민하던 코하루와는 달리, 네덜란드에서는 양조 사업으로 성공하기 위해 고민 끝에 출사표를 던진 사람이 있었다. 그는 바로 하이네켄의 창업주 '헤라르트 하이네켄(Gerard Heineken)'이다. 그는 작은 맥주 양조장을 사기 위해 어머니에게 아버지가 자신에게 남긴 유산을 달라고 부탁한다. 그가 어머니에게 쓴 편지에는 이렇게 쓰여 있었다.

"더 이상 잃을 게 없어요. (It is all or nothing.)."

그 당시 양조 사업은 사양길에 접어들고 있었기 때문에 양조장을 인수하는 것은 도박과 같았다. 하지만 그가 설립한 하이네켄 회사(Heineken&Co.)는 이후 엄청난 성장을 하게 되었고 하이네켄의 성공으로 암스테르담은 제 2의 황금시대를 맞이하게 되었다. 암스테르담에 있는 최초의 하이네켄 제조공장은 현재 하이네켄 체험관으로 리모델링 되어 일반 대중에게 공개되고 있다.

하이네켄의 빨간색 별은 스타벅스를 상징하는 사이렌처럼 맥주 양조업계에서는 부적처럼 사용되던 상징이라고 한다.

뾰족한 다섯 개의 포인트는 각각 5 원소를 상징하는데 땅, 바람, 물, 불 그리고 다섯 번째는 맥주를 보호하고 마법의 힘을 가져다 주는 영적인 힘을 말한다. 하이네켄 체험관에서는 하이네켄의 역사, 그리고 맥주 제조 과정을 직접 체험해 볼 수 있는데 당연히 갓 만들어진 하이네켄 생맥주 시음도 가능하다. 체험관에 입장하면 열정적인 직원들이 관광객을 맞이하며 하이네켄의 역사에 대해 자세히 설명해 준다. 이어서 하이네켄을 만들 때 사용되는 큰 구리 통 속 보리의 입장이 되어보는 스크린 체험관과 하이네켄 공장, 하이네켄 라운지를 경험하면 하이네켄에 가스라이팅을 당하고 있는 자신을 발견하게 될 것이다. 이 체험관에 있는 거대한 구리 통들은 창업주가 직접 주문 제작한 것으로, 원래는 맥주를 나무통에 담가서 만들던 전통적인 관례를 깬 획기적인 시도였다고 한다.

체험관을 다 돌아보고 나오니 직원들이 체험을 끝낸 방문객을 위해 하이네켄 생맥주를 준비하느라 분주했다. 분주한 그들의 뒤에 '프로스트(Proost)!'라고 적힌 초록색 간판이 있었는데 '프로스트(Proost)'는 네덜란드어로 '건배'라는 뜻이다. 한 모금 마셔보니 숙성된 맥주에서 느낄 수 있는 향은 덜

하지만, 신선하게 보이는 옅은 황금빛과 톡 쏘는 탄산이 입 안을 자극했다. 마치 긴 겨울 동안 땅속에 잠들어 있다가 봄을 맞아 힘차게 솟아오른 새싹과 같은 맛이다. 하이네켄 창업주가 양조 사업이 사양길을 걷고 있음에도 불구하고 어떠한 미래를 보았길래 과감히 양조 사업에 도전했는지 잘 모르겠다. 하지만 이날 마신 하이네켄 생맥주는 주변의 반대와 우려를 극복하고 하이네켄을 세계 맥주 시장 점유율 1위의 굴지의 기업으로 만든 그의 도전 정신과 많이 닮아있었다.

암스테르담으로 도착 후, 나는 보통 호텔 체크인이 끝나면 사물함에서 미리 사둔 하이네켄을 꺼내 온다. 맥주의 황금비율을 맞추기 위해 조심스럽게 맥주를 컵에 따르면 투명한 플라스틱 컵에 옅은 황금색 하이네켄이 차오르고 그 위로 하얀 거품이 볼록하게 올라온다. 가볍게 한 모금 마셔보면 미세하게 느껴지는 아로마와 마지막은 적당하게 톡 쏘는 청량감으로 깔끔하게 마무리된다. 이렇게 하이네켄 한 캔을 비우고 나면 14시간에 가까웠던 긴 비행의 피로가 사르르 녹는다. 이렇게 암스테르담에서 나의 '랜딩 비어' 하이네켄의 시간이 시작된다.